中国历代通俗演义故事·农闲读本

老残游记

原著　刘　鹗
编著　崔凤生　刘雪梅
插图　李　娜

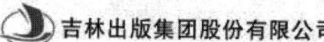
吉林出版集团股份有限公司

图书在版编目(CIP)数据

老残游记／崔凤生，刘雪梅改编. —长春：吉林出版集团股份有限公司，2008. 11(2023.8 重印)
(中国历代通俗演义故事：农闲读本)
ISBN 978-7-80762-944-3

Ⅰ.老…　Ⅱ.①崔…②刘…　Ⅲ.章回小说—中国—清代—缩写本　Ⅳ.I242.4

中国版本图书馆 CIP 数据核字(2008)第 165866 号

书　　名	老残游记 LAOCAN YOUJI	
出版策划	崔文辉	
责任编辑	赵晓星	
出　　版	吉林出版集团股份有限公司	
	(长春市福址大路 5788 号,邮政编码:130118)	
发　　行	吉林出版集团译文图书经营有限公司	
	(http://shop34896900.taobao.com)	
制　　作	猫头鹰工作室	
电　　话	总编办 0431-81629909　营销部 0431-81629880	
印　　刷	三河市金兆印刷装订有限公司	
开　　本	889×1194 毫米　1/32	
印　　张	6.25	
字　　数	101 千字	
版　　次	2008 年 11 月第 1 版	
印　　次	2023 年 8 月第 2 次印刷	
标准书号	ISBN 978-7-80762-944-3	
定　　价	38.00 元	

(如有印装质量问题请与出版社调换。联系电话:18533602666)

前　言

　　《老残游记》是晚清四大谴责小说之一,全书共 20 回。作者刘鹗,字铁云,是晚清时期著名的小说家。小说写的是一个名叫老残的江湖郎中辗转江湖的所见所闻。老残虽是一介草民,以行医糊口,且淡泊名利,不慕仕途,但他同样关注国家和民族的兴衰,有一颗行侠仗义、救民于水火的侠义之心。作者通过对老残的所见所闻的描写,为读者展现了清末山东一带的社会生活状况和风土人情。在这块风光如画、景色迷人的土地上,正发生着一系列惊心动魄的事件。老残所到之处封建官吏无不作威作福,肆意残害百姓,把大好河山变成了一座活地狱。

　　《老残游记》的一个突出的特点就是它揭露了过去文学作品中很少揭露的"清官"暴政。这里所说的"清官",其实是一些清朝末年"急于要做大官"而不惜杀民邀功,用人血染红顶子的刽子手,像玉贤、刚弼等人。刚弼自称是"清廉得格登登"的清官,他曾拒绝巨额贿赂,但却倚仗不要钱、不受贿,一味臆测断案,枉杀了很多好人。山东巡抚庄宫保也是这样的"清官",他"爱才若渴",搜罗奇才异能之士,表面上是个"礼贤下士"的好官,但事实上却很昏庸。他不辨善恶贤愚,也判断不出谋议的正确与错误。正因如此,他重用了玉贤、刚弼之流,加重了人民负担,给山东百姓带来了一系列的灾难。

　　本书以人民文学出版社出版的《老残游记》为依据,同时参考了三秦出版社、大众文艺出版社和中国文史出版社出版的同类作品。在内容方面,按照原书章回顺序,进行了一些删减和改编,保留原书绝大部分精彩的内容,故事情节生动,既保留作品的原汁原味,又降低阅读难度;在结构方面,力求做到上下文之间联系紧密,前后文相互照应;在语言方面,为了方便农民朋友们阅读,笔者对古代文言作品中专有名词及语法结构进行了解释,特别是对一些俚语和方言进行了处理。在改编的过程中,由于本人能力有限,可能会有不尽如人意之处,望各位农民朋友谅解,并指正。

编　者

目录

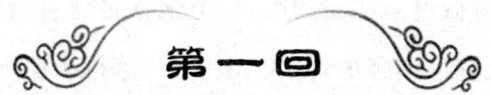

第一回
蓬莱仙岛观风景
见义勇为反落难

　　从前在山东登州府外有一座大山,名叫蓬莱山。山上有个阁子,叫蓬莱阁。这个阁子分为上下两层,全楼结构精巧,端庄浑厚,落落大方,十分壮丽。史书记载,两千多年前秦皇、汉武曾来此求仙觅药,民间也有八仙过海的传说……史实加传说,给蓬莱阁披上了一层奇异的色彩。登阁望远,大有如临仙境之感,令人荡气回肠。所以家住蓬莱的人,一有空就扶老携幼,备着酒菜,在阁中住上一宿,第二天早上,可以边看日出,边欣赏蓬莱阁迷人的景色。

　　单说这么一年,有个名叫老残的人要去蓬莱阁旅游。这老残原本姓铁,叫铁英,因天生懒惰,就自号为"残",但他并不招人讨厌,有时候还能帮邻里朋友做一些力所能及的事情,因此大家都尊称他"老残",不知不觉,这"老残"二字便成了他的别号了。其实老残年纪不大,三十岁刚出头,江南人氏,年轻的时候曾读过书,但因为八股文章做得不好,自然考不上什么功名,连教书人家都不用他,学人家做生意吧,岁数又太大了,脑瓜也不灵便,因此生活非常困难。要说这老残

1

的父亲也曾做过三四品的大官,但他性格耿直、迂腐,不懂为官之道,在官场摸爬滚打了二十多年,落得个两袖清风,到了告老还乡之时,把随身的物品卖了才回得了家。你想,这样的人怎么可能给他的儿孙留下大笔钱财呢?

这老残一没老祖宗留下的财产,二没正儿八经的工作,日子自然一天比一天难过。正当他为生计发愁的时候,可巧天无绝人之路,来了一个江湖道士,说是受过世外高人的指点,能治百病,街坊们都去找他治病,结果百治百灵,所以老残就拜他为师,学了几个口诀。从此也就摇个串铃,走街串巷,替人治病,混口饭吃,这样一晃二十多年就过去了。

却说在山东博兴县这个地方,有个名叫黄瑞和的大户,得了一种怪病:浑身溃烂,每年总要烂几个窟窿。今年治好一个,明年在别处又烂几个,这样身上的窟窿一年比一年多。多少年过去了,没有人能治好他的病,而且每年都在夏天发病,秋天一到,就好了。

这年春天,老残刚走到此地,黄大户家管事的便拉住他,问他有没有法子治好这个怪病。老残说:"法子是有,只是你们未必信得过我。这样吧,我先小试身手,让你们开开眼界。要想把这病彻底治好了,也不难,古人传下来那么多方法,只要对症下药就可以了。治别的病都是神农、黄帝传下来的方法,只有治这个病是大禹传下来的。这个法子传到唐朝一个叫王景的人后,就再也没有人知道了。今日有缘,我倒也略懂一二。"于是管事的便找个地方让老残住下,给黄大户治病。说也奇怪，经老残治疗后，虽然还有小处溃烂，却一个窟窿也没有出过。为此，黄大户家欢天喜地。

转眼间秋分已过，黄大户的病今年是没大碍了，这可是十多年来没有的事。因此，黄大户非常高兴，就叫了个戏班子，唱了三天谢神的戏，又在西花厅上，搭了一座菊花假山，天天宴请老残，玩得非常畅快。

这一天，老残刚吃过午饭，因为席间多喝了几杯酒，觉得身子有些困倦，就跑到房里休息。才闭了眼，外边就走进两个人来，其中一个叫文章伯，另一个叫德慧生，都是老残的好朋友。这俩人一进屋，就嚷道："老残，这么好的天气，在家有什么好待的？"老残赶紧起身让座，说："这两天酒肉吃太多了，腻歪得很。"二人说："我俩要去蓬莱阁游玩，知道你在家里闷得慌，特地过来约你同去。车子都已给你准备好了，赶紧收拾收拾行李，现在就走吧。"老残满口答应。他行李本来就不多，只不过是几本古书和一些经常用的物件，收拾起来非常方便，顷刻间便装好了车。一路上风餐露宿，不久便到了登州，就在蓬莱阁下找了两间客房，大家住下，就地欣赏起蓬莱阁美妙的景色。

第二天，老残对他的两位好朋友说："世人都说日出好看，我们今晚何不通宵不睡，看一看日出怎么样？"二人说："既然老兄有此雅兴，做兄弟的一定奉陪。"此时虽然已是初秋时节，昼夜时间相等，但毕竟夏日刚过，加上海边水汽反光，所以还觉得日长夜短。三个人开了两瓶酒，取出带来的下酒菜，一边喝酒，一边谈心，不知不觉，东方已经泛起一片白色的光芒。此时离日出还有一段时间。三人又闲谈了一会，德慧生说："时候也快到了，我们何不到阁子上去等呢？"文章伯说："耳边风声很急，阁子的窗户又四敞大开的，里面肯定很冷，还是多带几件衣服去吧。"大家觉得他说的有理，便加了几件衣服，又都带上了望远镜，披了毯子，从后面扶梯走上去。到了阁子中间，三人选了靠窗的一张桌子坐下。从这阁子往东观看，只见海中白浪翻滚，一眼望不到边。在阁子的东北方向，冒着几点青烟，那最近的就是长山岛，再远的便是大竹、大黑等岛了。坐在阁子里面，只听耳边风声"呼呼"地响，仿佛整个阁子都在晃动似的。天上云气一片一片叠起，只见北边有一片大云，飞到这团云气中间，将原有的云压了下去，并将东边一片云挤得越来越紧、越来越厚，煞是好看。

慧生说："残兄，看这样子，今个儿是看不成日出了。"老残说："看过这么美妙的风景，已让我觉得不虚此行，今日即使看不到日出，也不算遗憾了。"此时，章伯正在用望远镜往远处搜寻。突然，他大叫一声，说道："你们快来看！那儿有块黑影，还随着波浪一上一下，一定是艘轮船。"于是大家都拿出望远镜朝东边观看。慧生看了一会，说："是了，是了。你们看，远处有极细的一丝黑线，在天水交界的地方，那不就是船身吗？"大家看了一会，那轮船也就过去了，慢慢地消失在三人眼里。

4

慧生还在拿着望远镜,东瞧瞧,西看看。忽然,只听他大叫:"哎呀,哎呀!你们瞧,那边有一只帆船,旁边就是巨浪,真危险啊!"两人说:"在什么地方?"慧生说:"你们往正东北瞧,那一片雪白浪花,不就是长山岛吗?在长山岛的这边,慢慢向我们靠近了。"两人用望远镜一看,都说:"是啊!实在是太危险了!幸亏是向我们这边来,用不了几十里就能靠岸了。"

三人你一言,我一语,又聊了不到一个钟头,那艘船已经靠得很近了。三人用望远镜仔细观看,这船身有二十三四丈长,竟然是艘很大的船。船主坐在舵楼上边,楼下有四个人掌舵。前后有六支桅杆,挂着大约六扇旧帆;另外有两支新桅杆,一支挂着一扇崭新的帆,一支挂着一扇半新不旧的帆,算起来这艘船竟有八支桅杆了!船行得很慢,看起来船上装着很多货物。甲板上坐满了人,男女老少,不计其数,但都没有遮风挡雨的器具,就像住在没有顶棚的茅屋里一般,风吹雨淋,又湿又寒,又饥又怕。满船的人看起来都无精打采、浑浑噩噩。八扇帆下,有两人专门管理绳索。船头及船帮上也有一些人,都是些水手的打扮。

这艘船虽然很大,破损的地方却不少:船身东面有一块,三丈长左右,已经毁掉了,浪花夹着海水直灌进去;另外一旁,仍在船身东面,又有一块,一丈左右,海水也在慢慢往里灌;其他地方,没一处是完好的。那八个管帆的人都在认真地坚守职责,只是各人管各人的帆,就好像在八艘船上似的,彼此之间也不照应。那些水手在坐船的男男女女的人丛里乱窜,不知在干什么。用望远镜一瞧,才知道他们在搜船上人所带的干粮,还抢这些人的衣服。章伯看得清楚,禁不住大叫一声:"这些该死的奴才!你们看看,这艘船眼看就要沉了,他们不想办法早点靠岸,还在那里剥削人,气死我了!"慧生说:"章哥,不用着急,这船离我们不过七八里路,等他们停靠岸边的时候,我们上去劝劝就是了。"

正在说话时候,忽然发现那船上有几个人被杀死了,尸体被抛进了海里。章伯气得两脚跺地,骂道:"好好的一船人,这么多条人命,无缘无故断送在这几个驾驶的人手里,太冤枉了!"他想了会,又说道:"幸好山脚下就有渔船,我们何不驾一只船去,将那几个驾驶的人打死,再另换几个?岂不救了这一船人的性命?何等功德!何等痛快!"慧生说:"这个想法虽然痛快,但未免太莽撞了,恐怕有不妥之处。残哥,你是怎么想的?"

老残笑着对章伯说:"章哥的想法非常好,只是不知道你要带几个营的人马过去?"章伯听了很气愤,说:"残哥怎么也这么糊涂!此时那一船人都有生命危险,我们是拔刀相助,当然是我们三个人去。哪来那么多人马让你带去!"老残说:"既然如此,这船上驾驶的人不下二百,你我三个要去杀他们,恐怕只是送死而已,章哥你不想想吗?"章伯这么一想,也确实有道理,便说:"依你看该怎么办,难道白白地看他们死吗?"老残说:"依我看来,这船坏成这个样子,驾驶的人没有错，错就错在两个地方：一个，这些人平时都是过惯太平日子的，只会在风平浪静的时候开船，今日遇见这么大的风浪，所以都毛了手脚，再就是他们未做好防备。平常晴天的时候，照老习惯开船，又有日月星辰指南，所以东西南北大致不会有错，这就叫作'靠天吃饭'。哪知今天，日月星辰都被云气遮住了，所以他们心里就没谱了。他们不是故意开成这个样子，只是辨不清方向，所以越走越错。当今之计，就依章哥的法子，我们驾艘渔船追赶上去，他们船重，我们船轻，一会就能追上。追上之后，我们就送一个罗盘给他们，他们有了方向，自然就会知道往哪里走了。我们再将有无风浪时驾驶的不同之处，告诉船主，他们听了我们的话，不很快就能到达他们要去的那个地方了吗？"慧生说："残哥说得很对，我们赶紧去。否则，这一船人，实在是危险！"

说着，三人就下了阁子，吩咐随从看守好行李物件，这三人只带了一个罗盘，一个纪限仪（航海时用来测定天体的高度以及地面上远处两点所成角度的仪器）和几件驾船用的物品就下了山。山脚下有个船坞，这是附近渔船停靠岸边的地方。三人选了一艘轻快点的渔船，挂起帆来，向前追赶上去。幸好当天刮的是北风，所以向东向西都是旁风，这船驾驶起来非常省劲，不一会儿，离大船就不远了。三人拿着望远镜不停观望，等到离大船还有十余丈时，连船上人说话都听得见了。

奇怪的是，除了那些水手在搜刮众人钱财之外，还有一

7

个人在那高谈阔论地演说，就听他说道："你们每个人都是花了钱来坐船的，况且这艘船原本就是祖宗留给你们的财产，现在却被这几个驾驶的人弄得破烂不堪，你们就坐视不管吗？况且你们全家老少的性命都在这艘船上，难道你们就在这里等死不成？就不想个好点的办法吗？真是没用的东西！"

众人被他骂得哑口无言，有几个人便出来说："刚才先生所讲的都是我们心里想说却说不出来的话，先生这么一说，我们实在惭愧，感激得很呢！只是，我们能有什么办法呢？"那人说："你们都知道，现在办事没有不花钱的，你们去凑一点钱来，我们几个人拿了钱，豁出性命，替你们保个平安，你们看好不好呢？"大家听了，一齐拍掌称快。

章伯远远听见，对二人说："想不到这艘船上竟有这样的英雄豪杰！早知这样，我们用不着来了。"慧生说："不如我们将帆落下来几叶，慢点走，不必急着追上那船，先看看再说。如果当真把人给救了，我们就可以回去了。"老残说："慧哥说得很对。依我看来，像这样的人恐怕靠不住，只是说几句好听的话哄人骗钱罢了！"

说着三人就将速度放慢，缓缓跟在大船后面。只见那船上的人凑了许多钱，交给刚才说话的那个人。谁料到那人说得好听，收了这么多钱后，却找了一块众人够不着的地方，站住了脚，高声叫道："你们这些没血性的人，凉血类的畜生，还不赶紧去打那个掌舵的吗？"又大声喊道："你们还不去把这些管船的一个一个杀了？"不料偏偏就有几个不懂事的小子，听了他的话就去打掌舵的人，也有去骂船主的，但都被旁边人杀了，还有的被抛下海了。那个演说的人，又在高处大声喊道："你们为什么不一起上？要是全船的人一起动手，还打不过他们吗？"船上正乱得一塌糊涂，这时有个上了岁数的人，也高声喊道："大家不要乱来！你们这样闹，胜负未分，船已经沉了！千万别乱来！"

慧生听到这里，对章伯说："原来这位所谓的'英雄'只管自己收钱，却叫别人去流血。"老残说："幸亏船上还有几个老成稳重的人，否则，这船沉得更快了。"说着，三人又将帆叶挂满，全速前进，不一会儿便靠近了大船。篙工用篙子钩住大船，三人便顺势跳了上去，走至舵楼底下，见到了舵工，深深地行了个礼，随后将携带的罗盘和纪限仪等送给了他们。舵工一看，倒也和气起来，随口便问："这是什么东西？有什么用处？"

突然，从下等水手里面传出一声怪叫："船主！船主！千万不要被这人迷惑了！他们用的都是外国的东西，一定是洋鬼子派来的汉奸！他们是天主教！他们已经将这艘船卖给洋鬼子了，所以才会有这个罗盘。船主赶紧将这三人绑起来杀了，以除后患。如果与他们多说几句话，再用了他们的罗盘，就相当于收了洋鬼子的定金了，他们不久就要来拿船了！"这么一嚷嚷，满船的人都很震惊。就连刚才收钱的那位"英雄豪杰"，也在那里喊道："他们就是卖船的汉奸！快杀了他们，快杀了他们！"

　　船主和舵工听了，都在犹豫不决，其中有一个舵工是船主的叔叔，他对三人说："我知道你们是一番好意，只是众怒难犯，你们快走吧！"三个人没办法了，眼里含着泪水，急忙回到了小船。谁知大船上的人怒气未消，看三人上了小船，忙用被浪打碎了的断桩破板去打小船。试想，一只小小渔船，怎禁得住几百个人用力乱砸，顷刻之间，小渔船就被打得粉碎，慢慢地沉下海里去了。欲知三人性命如何，且听下回分解。

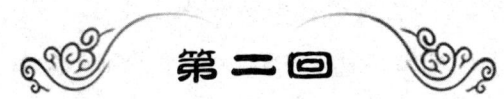

第二回
历山山下访古迹
明湖畔美人绝唱

上回说到老残三人驾着小船正要离开，却被大船上那些人一顿乱砸，小渔船慢慢地沉了下去。老残心想这次是死定了，只好闭着眼睛听天由命去了。老残觉得身体像落叶一样，飘飘荡荡，顷刻间已经沉落到水底了。此时，只听耳边有人喊："先生，起来吧！先生，起来吧！天已经黑了，饭都准备好了。"老残慌忙睁开眼睛，愣了一愣神，说："哎呀！原来是一场梦！"

过了几天，老残对黄大户家管事的说："现在天气一天比一天冷了，你家主人的病也不会再犯了，明年再有用小人的地方，自当效劳。现在我要赶着去看济南府大明湖的风景。"管事的再三挽留，老残执意要走，只好当晚摆酒宴送行。管事的拿了一千两银子给老残，算是治病的酬金。老残只说了一声"谢谢"，就收入箱中，起身告辞了。

一路上秋山红叶，风景如画，惹得老残的心情好极了。到了济南府，看到家家有泉水，户户种垂杨，觉得比江南水乡还要有趣。到了小布政司街，找了一家客店，名叫高升店，把行李放好，付了车钱和酒钱，凑合着吃了点晚饭，一觉睡到天亮。吃完早饭后,老残摇着串铃在街上走了一趟,做做样子。午后步行到了鹊华桥边,雇了一只小船,顺着小河往北走。走了不远,来到历下亭前。老残等船停稳后,下了船,走了进去。一进大门,便看见一个亭子,油漆已经脱落了一半。亭子上悬挂了一副对联,写的是"历下此亭古,济南名士多",上写着"杜工部句",下写着"道州何绍基书"。亭子旁边虽有几间房屋,也没有什么特别之处。老残折返回去,乘着小船又向西走。小船走了不远,就到了铁公祠畔。这铁公就是明朝初年与燕王作对的那个铁铉。后人敬重他忠勇仁义,所以每到春秋时节,当地人都来此地上香,这么多年从没中断过。

到了铁公祠前,往南看,便是那千佛山。千佛山上面有一座刻有梵文的僧楼,此时正是秋天时节,僧楼在苍松翠柏秋叶之间忽隐忽现,只见对面山上红的火红,白的雪白,青的靛青,绿的碧绿,真好像宋人赵千里画的一幅大画。老残正在感慨风景优美,忽然听见一声渔唱,低头看去,谁知那大明湖已经干净明亮得好像镜子一般。那千佛山的倒影映在湖里,显得明明白白;那楼台树木,格外显眼,觉得比上头的千佛山还要好看,还要清楚。这湖的南岸,上去便是街市,旁边是一片密密麻麻的芦苇。现在正是百花开放的时候,百花在晚霞中,好像给大山披上了一条粉红的毯子,格外好看。

到了鹊华桥,才觉得人烟稠密,有挑担子的,有推小车子的,也有坐二人抬的小轿子的。轿子后面,一个跟班的戴着红缨帽子,胳肢窝下夹着个本夹子,拼命地跑,一边跑,一边用手擦汗。街上五六岁的孩子不知道要躲避,被轿夫无意踢倒了一个，这小孩便哇哇地哭。小孩的母亲赶忙跑来问："谁碰倒你的？谁碰倒你的？"那个孩子只是哇哇地哭，并不说话。问了半天，小孩才带着哭腔说了一句："抬轿子的!"妇人抬头看时，轿子早已跑得有二里多远了。那妇人领着孩子，嘴里不住叽里呱啦地骂着，就回去了。

老残遛着小步从鹊华桥往南，向他住的小布政司街走去。他一抬头，见墙上贴了一张黄纸，有一尺长，七八寸宽的样子，写着"说鼓书"三个大字，旁边一行小字是"二十四日明湖居"。纸还没有完全干，老残知道是新贴上去的，但却不知道这是要做什么。一边走着，心里一边想着，只听到旁边两个挑担子的说："明儿白妞说书，我们不做生意了，去听书吧。"又走到街上，听铺子里柜台上有人说："上次白妞说书你请假去的，明天这场说书，该轮到我去了吧。"一路行来，街头巷尾，大都在说这事，老残心里纳闷："这白妞是谁？书说得很好吗？怎么她来说书，就好像过年似的？"他边走边寻思，不知不觉已到高升店门口。

老残走进店里，店伙计赶忙上来招呼："客人，您要吃点什么？"老残点好菜，顺便问道："你们此地说鼓书有什么来头，怎么能惊动这么多人？"店伙计说："客人，您不知道。这说鼓书原本是山东乡下人唱的，名叫'梨花大鼓'，说的都是些历史故事，本来没什么好看的。不过王家却出了白妞、黑妞姐妹两个，这白妞本名叫做王小玉，此人是天生的怪物！她十二三岁时就学会了这说书的本事。她却嫌这乡下的调子没什么出奇之处，就常到戏园里看戏，所有什么西皮、二簧、梆子腔等唱法,一听就会;什么余三胜、程长庚、张二奎等人的调子,她一听也就会唱。她的喉咙,要多高有多高;她的中气,要多长有多长。她说书的时候又加进了南方的昆腔、小曲等种种的腔调。不过二三年工夫,创出这个调儿,南来北往的人,听她说书,竟然没有不神魂颠倒的。现在已远近闻名了,明儿就开唱了。您不信,去听一听就知道了。只是要听还要早去,虽说她一点钟开唱,但您十点钟去,都没有座位了。"老残听了,却不大相信。

第二天,老残起了个大早,先到南门看了看舜井,又出南门,到历山脚下,看看相传大舜曾经耕田的地方,等回到店里,已有九点钟了。老残忙着吃了两口饭,走到明湖居,这时已经十点钟左右。那明湖居本是个大戏园子,戏台前有一百多张桌子。谁料老残进了园门,园子里面已经坐得满满的了,只有中间七八张桌子还无人坐,但是也都贴着红纸条儿,被人预定了。老残看了半天,连落脚的地方都没有,只好从袖子里掏出二百个钱送给看座儿的,才弄了一张短板凳,在人缝里坐下。戏台上面,只摆了一张半桌,桌子上放了一面板鼓,鼓上放了两个铁片儿,老残心里知道这就是所谓"梨花大鼓"了,旁边放了一个三弦子,半桌后面放了两张椅子。这么大的一个戏台,空空荡荡,看了不觉有些好笑。园子里面,顶着篮子卖烧饼卖油条的有一二十人,供那些还没来得及吃饭的人买来充饥。

到了十一点钟,门口的轿子渐渐就多了,许多官员都穿着便衣,带着家人,陆续进来。不到十二点钟,前面几张空桌都已经坐满了,这时不断还有人来,看座儿的也只是搬张短凳,在夹缝中安插。这一群人来了,彼此打个招呼,有打千儿(清代男子的敬礼,右手下垂,左腿向前屈膝,右腿弯曲)的,有作揖的,大半打千儿的多。大家高谈阔论,谈笑自如。除了这些官员,那些来听书的生意人最多,还有一些人好像是本地读书人,大家都在叽叽喳喳地说着闲话。因为人太多了,所以说的什么话都听不清楚,老残也不在意。

到了十二点半,有个男的从后台帘子里出来。这人穿了一件蓝布长衫,长长的脸儿,一脸疙瘩,好像风干了的橘子皮似的,极其丑陋,但觉得那人气质倒还沉稳。这人出来后,没说一句话,就在半桌后面左首的一张椅子上坐下,慢慢地将三弦子取来,随便和了和弦,弹了一两个小调,底下的人也不专心听。后来他又弹了一支曲子,也不知道叫什么名字。只是到后来,越弹越快,那琴声抑扬顿挫,入耳动心,就好像有几十根弦,几百个指头,在那里弹似的。这时台下叫好的声音不绝于耳,却也比不过这弦子的声音响亮。弹完这曲,这人就停下了,旁边有人送上茶来。

停了数分钟,帘子里面出来一个姑娘,约有十六七岁,长着鸭蛋脸儿,梳了一个抓髻,戴了一副银耳环,穿了一件蓝布外褂儿,一条蓝布裤子,都是黑布镶边的。穿着虽然简朴,倒也十分干净整洁。来到半桌后面右首椅子上坐下。那弹弦子的取了弦子,铮铮地重新弹起来。这姑娘便站起身来,左手取了梨花简,夹在指头缝里,叮叮当当地敲着,与那弦子声音相应和;右手拿着鼓槌子,凝神听弦子的节奏。忽然鼓声一响,姑娘开口唱了,真是字字清脆,声声婉转,每句七字,每段数十句,唱得忽快忽慢,忽高忽低。其中各种腔调融合在一起,变化多端,感觉从来没有听过这么好听的曲子,台下赞叹声不绝于耳。

旁边坐着两个人,有一人小声问另一个人:"这就是白妞了吧?"另一人说:"才不是呢。这是白妞的妹妹,黑妞。她唱的这些都是白妞教的,和白妞相比,她还差得远呢!她唱得好听还能用语言形容出来,白妞唱得好听,却是无法形容,那才叫妙不可言呢!她的唱法别人还能学会,白妞的唱法任凭谁也学不去。你想,这几年来,这唱戏说书的哪个不想学她们的调儿呢?就是妓院里的姑娘,也都学她们俩,可顶多就是有一两句学得像黑妞。要想学白妞,恐怕还没有一个人能学她十分之一呢。"话说到这,黑妞唱完了,到后台去了。这时满园子里的人,说说笑笑。卖瓜子、落花生、山里红、核桃仁的,高声喊叫着,满园子干什么的都有。

大伙正热闹着呢,只见从后台里,又出来了一位姑娘,年纪约十八九岁,穿的与前一个毫无分别,瓜子脸儿,白净面皮,模样长得也一般,但秀气却不俗气,朴实却不寒酸,半低着头出来,站在半桌后面,把梨花简敲了几声。奇怪的是:只是两片铁片,到她手里,就像施了魔法似的,又轻轻地敲了两下鼓,才抬起头来,向台下看了看。那双眼睛,像秋水,像星星,像宝珠,如白水银里头养着两丸黑水银,左右一看,连那坐在远远墙角里的人,都觉得王小玉看见他了,那坐得近的,更不必说。就这一眼,满园子里立刻静了下来,比皇帝出宫还要静得多呢,连一根针掉在地上都听得见响!

王小玉开口便唱,开始唱了几句词。起初声音轻柔,只觉得听起来有说不出的舒服:五脏六腑,像拿熨斗熨过,无一处不服帖的;全身的毛孔,像吃了人参果,没有一个不畅快。唱了十数句之后,越唱越高,忽然唱了一个高调,就好像往高空抛了一根钢丝,叫人拍手叫绝。谁知她唱到最高的地方,声音居然还能颤抖,还能转几个弯。转了几个弯以后,又连着唱了几个高调,一调高过一调。好像登山一般,翻过一座山眼前又一座,重重叠叠,几经辗转,终于来到了峰顶,仿佛到了泰山上的南天门,越翻越险,越险越奇。那王小玉唱了极高处,突然一落,仿佛又回到了山腰上,好像一条飞蛇在黄山三十六峰半中腰里盘旋。一眨眼工夫,就在山里转了好几圈。从这以后,声音就越唱越低,越来越细,渐渐地就听不见了。满园子的人大气都不敢喘,静静地听着。约莫过了两三分钟之后,仿佛有一个声音从地底下钻出来。突然又向上蹿,好像焰火一般,一下蹿到天上去了,在半空中化成了一道火光。这一声之后好像后面还跟着无数的调子。再看那弹弦子的,手指越拨越快,弦子声和白妞的调子混在一起,好像春天里百鸟鸣叫一般,好像两只耳朵都不够用了。正听得起劲,只听"霍"的一声,台上戛然而止,人弦都停了。过了几秒后,台下才响起了一片叫好声,掌声如雷鸣般响起。

停了一会,台下又稍微安静了,只听见台下正座上,有一个小伙子,不到三十岁年纪,操着一口湖南口音,说道:"当年读书,见古人形容歌唱得好听,用'余音绕梁,三日不绝'的词形容,我总不懂。凭空猜想,余音怎么在房梁上绕呢?又怎么会三日不绝呢?等到听了小玉说的书,才知古人说得确实不错。每次听她说书后好几天,耳朵里都是她说书的声音,无论做什么事,心总是静不下来,反而觉得'三日不绝',这'三日'二字说得太少,还是孔子'三月不知肉味','三月'二字形容得透彻些!"旁边人都说道:"梦湘先生说得太对了,跟我们想到一起去了!"

大伙正说得热闹,只见黑妞又上来说了一段,接着又是白妞。这一段,听旁边人讲,叫作"黑驴段"。不过是讲一个读书人与一个骑黑驴的美女擦肩而过的故事。那白妞要形容那美人长得美,先形容那黑驴长得怎样怎样的好,而说美人的时候只不过匆匆几句带过,却也让人感觉出美人的绝世。说这段的时候全用快板,越说越快。它最妙的地方,就是在她说得最快的时候,听众好像都要跟不上她的节奏了,但她却每一个字的发音都很清晰,每一字都能让你听到。这确实是白妞与众不同之处。但是比起她刚才唱的那段,还是要逊色得多。

演出到了这个时候差不多五点左右,算起来王小玉应该还能再唱一段。不知道下一段她又会唱什么?在场的人都拭目以待。

大明湖畔美人说书

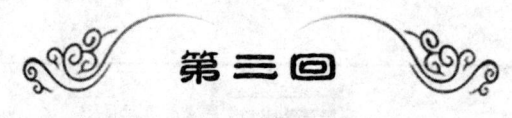

第三回
济南城中赏泉水
巧治病又遇伯乐

上回说众人以为天还早，王小玉还能再唱一段，谁知只是她妹妹出来唱了几句就收场了，大家也就一哄而散。

到了次日，老残想起还有一千两银子放在客店里，放心不下，就到了院前大街，找了一家名叫日昇昌的钱庄，往徐州老家汇了八百两，自己身上留了一百多两。当天又在街上买了一匹绸子，又买了一件马褂面子，拿回客店，让人做了一身棉袍子马褂。当时已是九月下旬，天气虽然十分暖和，但西北风一吹，就差不多该穿棉袄了。老残跟裁缝说了几句话，又吃过了午饭，便去了西门溜达，先到趵突泉边喝了一碗茶。这趵突泉是济南府七十二泉中的第一泉，池面非常宽阔，有四五亩地大小，两头均通溪河，池中泉水长年不断。池子的正中间有三个大泉眼，泉水从池底冒出，喷出水面有二三尺高。据当地人讲，往年泉水喷出水面有五六尺高，后来修了池子，不知怎的泉水喷得就矮了下去。这三股泉水，直径都比吊桶还粗。池子北面是吕祖殿，殿前搭着凉棚，摆设着四五张桌子、十几条板凳卖茶，以便游人歇息。

老残喝完茶，从后门出了趵突泉，向东转了几个弯，来到了金泉书院。进了二道门,就是投辖井,相传这是陈遵留客的地方。再往西去,过一重门,便是蝴蝶厅,厅前厅后均有泉水围绕。厅后栽种着许多芭蕉,看上去一眼望不到边。西北角上,芭蕉丛里,有个方形池塘,长宽不过二丈,这就是金线泉了。金线泉是四大名泉之二。你可知道四大名泉是哪四个?就是刚才说的趵突泉,此刻的金线泉,南门外的黑虎泉和巡抚衙门里的珍珠泉。

相传金线泉水中有条金线。老残左右看了半天,不要说金线,连铁线也没有。后来碰巧走过来一个读书人,老残便向这读书人作个揖,请教这"金线"二字的由来。那读书人便拉着老残来到池子西面,弯了身体,侧着头,向水面上看,说道:"你看,那水面上有一条线,好像游丝一样,在水面上摇动。看见了没有?"老残也侧了头,照样看去,看了一会,说道:"看见了,看见了!"怎么会这样呢?老残想了一想,说:"难道底下是两股泉水,力量相敌,所以中间挤出这么一条线来?"读书人说:"据说这泉已有好几百年了,难道这两股泉的力量,经过这么多年还没有分出胜负吗?"老残说:"你看这线,常常左右摆动,就是说这两道泉水力量是不均匀的。"那读书人听后倒也点头赞同。说完,俩人就分头散开了。

老残出了金泉书院,顺着西城往南走。走不远,就是一条街,一直向东延伸。这南门城外有一条护城河,河水非常纯净,清澈见底。河里的水草都有一丈多长,被河水冲得左右摇摆,那叫一个好看!走着走着,见河岸南面,有几个大长方池子,许多妇女坐在池边石头上洗衣。再往前走,有一个

大池,池子南边有几间草房,走过去,才知道是一个茶馆。进
了茶馆,靠北窗坐下,就有一个伙计泡了一壶茶端来。茶壶
都是本地仿照宜兴壶的样子制作的。老残坐好,问伙计:"听
说你们这里有个黑虎泉,能告诉我在哪吗?"那伙计笑道:"先
生,你趴这窗台往外看,那不就是黑虎泉吗?"老残听了往外
一看,原来就在自己脚底下,有一个二尺长、五六尺宽的石头
雕成的老虎头。从那老虎口中喷出一股泉来,力量很大,从
池子这边直冲到池子那面,然后转到两边,流入护城河去了。
老残在茶馆中坐了一会,眼看太阳就要落山了,便付了茶钱,
从南门缓步回了客店。

第二天,老残觉得玩得差不多了,就拿了串铃,到街上走
走。路过抚台衙门,看衙门西边一条胡同口上,有座不大不
小的房子,门旁牌子上贴着"高公馆"三个字。门口站着一个
瘦长脸的人,穿了件紫色大棉袄,手里拿着一支洋白铜水烟
袋,一脸苦相。看见老残,那人喊道:"先生,先生! 你会看喉
咙吗?"老残答道:"懂得一点。"那人听了马上说:"请到家里
坐坐。"老残和他进了大门,往西一拐,便是三间客厅,家里的
摆设也还算讲究。墙上的字画,大多是当时名人的作品。厅
里挂着一幅画,画的好像是列子御风的情形,衣服帽子都被
风吹起,画得生龙活虎,上面题的字,也写得很有气势。俩人
坐下后,相互做了介绍。原来这个瘦长脸是江苏人,号绍殷,
在抚衙内做文职工作。他的一个小姜喉咙坏了,已经五天
了,今天一口水都没喝进去,想请老残看一看,还能不能救
了。老残说:"看了病人再说。"高老爷吩咐家人:"到上房一

趟,说有先生来看病。"随后就陪着老残进了上房。进了屋子,有老妈子掀起西房的门帘。走进去,靠西边墙有一张大床,床上挂着印花的帐子,床前靠西放了一张小桌,床前摆了两张矮凳子。

老残在一张凳子上坐下。这时从帐子里伸出一只手来,老妈子拿了几本书垫在手下,老残诊了诊脉,又换了另外一只手。诊过脉后,老残说:"从脉象上看,是因为内火被寒气逼住出不来,越积越重,最后生病。我再看一看喉咙。"高老爷吩咐老妈子把帐子掀起。老残一看,这妇人大约有二十多岁的年纪,满脸通红,人看起来无精打采。高老爷将她轻轻扶起,就着亮光,老残低头一看,喉咙两边肿得快要合成缝了,颜色淡红。老残看完,对高老爷说:"这本来不是什么大病,只是那些庸医用错了药,体内的火发不出来,又加上平常肝火又旺,最终成病,只要吃两味辛凉发散药就好了。"又在自己药箱里取出一个药瓶、一支喉枪,往她喉咙里红肿的地方上了点药。回到客厅,又开了个药方,递给了高老爷。

高老爷说:"先生真是高明。但不知这药该怎么用?"老残答道:"先吃两服药看看,明天再来复诊。"高老爷又问:"这药多少钱?"老残说:"我只是助人为乐而已,也不想拿它赚钱。要是把姨太太的病治好了,等我肚子饿时,您赏碗饭吃,走不动时,您给我几个盘缠,就行了。"高老爷说:"既然这样,病好后一定重谢。就请先生留下地址,有什么事我们也好去找您。"老残说:"我住在小布政司街高升店。"说完就走了。从此,高老爷天天派人来请老残。不到三四天,姨太太的病居然就好了。高老爷心里特别高兴,给了老残八两银子作酬金,还在北柱楼办了一席酒,邀请官场上的同事作陪,大家对老残的医术赞不绝口。这样一传十,十传百,几乎天天有抬着轿子来请他的,老残纵有分身之术也忙不过来。

　　这一天,老残又和几个官场上的熟人在北柱楼吃饭。席上,只听右边上首一个人说:"玉佐臣就要到曹州做知府了。"左边紧靠老残的一个人问道:"要是按级别,他还差得远呢,怎能做知府呢?"右边那人答道:"因为他治理强盗治得好,不到一年管辖范围内竟然路不拾遗,因此受到了宫保(朝中重臣的一种官衔)的赏识。前日有人对宫保说他曾路过曹州府某乡,亲眼见路边有个蓝布包袱,竟然没人捡。他就问当地人:'这包袱是谁的? 为什么没人捡?'当地人说:'昨儿夜里,不知什么人放在这里的。'他又问:'那你们为什么不捡回去?'当地人都笑着摇摇头说:'俺一家人还要性命呢!'这样看来,古人所说的路不拾遗,今儿咱们竟然也做到了! 宫保听着乐坏了,就打算推荐他做曹州知府了。"左边那人说:"玉佐臣人是挺能干,可惜手段太残忍了。这一年来,光是用酷刑折磨死的就有两千多人,你想,这里头能没有冤死的么?"旁边一个人说道:"冤死的肯定是有,但不知道不是冤死的占多少?"右边那人说:"凡是酷吏执政,哪个从外表上看不是好看的? 大家还记不记得当年常剥皮在兖州府的时候,不也像现在这样? 那时候人们走在街上也只是互相用眼睛看看对方,连话都不敢说。"又一人说道:"佐臣虽然残酷,但曹州府那边的治安也实在是太不像话。那年,兄弟我在曹州当差的时候,几乎天天都有盗窃案。官府有一个两百人的治安队,可就像不抓老鼠的猫一样,啥用都没有。那时各县抓来的强盗,不是小老百姓,就是被强捉去看守骡马的人。抓一百个人,也抓不到一个真强盗。现在被玉佐臣这么一整顿,盗窃案竟然自动消失了。唉,相比之下,兄弟我实在是惭愧啊!"左边那人又说:"要我说,当官最好不要滥杀无辜。不信你看,这人现在要风得风,要雨得雨,将来恐怕要遭报应。"说着说着,大家也都酒足饭饱,各自回家了。

又过一天,老残闲着无事,正在客店中闲坐,只见外面来了一辆蓝色的轿子。打轿子里走出一个人,那人口中喊道:"铁先生在家吗?"老残仔细一瞧,原来是高绍殷,赶忙出来迎接,说:"在家,在家。快屋里坐,只是地方简陋,招待不周啊。"绍殷说:"铁先生说哪里的话!"边说边往里走。进了二门,就看见两间朝东的厢房。厢房里靠南有一张砖炕,炕上铺着被褥;北面有一张方桌,两把椅子;西面放有两个小小竹箱。桌子上放了几本书,一个小砚台,几支笔,一个印色盒子。老残请他坐了上座。高绍殷随手翻了一本书,细看了看,惊讶地说:"这是宋版张君房刻木的《庄子》,你从哪里得来的?这本书已经消失很久了,季沧苇、黄丕烈等人都没有见过,这要算稀世之宝呢!"老残说:"这只不过是祖宗留下来的几本破书,卖又不值钱,随身带着,平时无聊的时候当小说看罢了,没什么大惊小怪的。"再往下翻,是一本苏东坡手写的陶诗,也是市面上已经绝版的。

绍殷连声赞叹,又随口问:"你本是书香门第,为什么不去考功名，却做这样的行当？虽说人不能为五斗米折腰，但先生也未免太高尚了。"老残叹了口气，说："阁下用'高尚'两个字来评价我，实在是过奖了。我并非不想追求功名，只是性情太懒散了，不适合做官。俗话说'爬得高，摔得重'，不往上爬只是想将来别摔得太重罢了。"绍殷说："昨晚和宫保吃便饭，他说起：'衙门里人才济济，凡是有点特长的人才，一经发现基本都请到这里谋个差事了。'在场的姚云翁便说：'现在就有一个在眼前，您没发现。'宫保急问：'是谁？'姚云翁就将你的学问、品行等情况一一给宫保说了。宫保听了十分高兴，立刻就叫兄弟写个文书命你过去。当时我对他说：'这样怕是不好，这个人没有任何官衔，也不知道有没有考过科举，这文书也不太好写。'宫保说：'那么就写个聘书去请。'我说：'要说请他来看病，那是肯定一请就到；要是想招到衙门来任职，恐怕还得和他商量一下。'宫保说：'那好。你明天就去探探情况，把他带来让我见见。'这不是么，今天兄弟特地来与阁下商量，看能不能今天就和我一起去见宫保？"老残说："见面没什么不可以，只是见宫保得穿着礼服，但我穿不惯，我要是能穿便衣去就最好了。"绍殷说："便衣可以。稍等一会，我们同去。"

老残穿着随身衣服，同高绍殷进了抚衙。这山东抚衙原本是明朝的齐王府，所以许多地方还用以前的旧名。进了三堂，就叫"宫门口"，旁边就是高绍殷的书房，对面便是宫保的签押房。老残在绍殷书房坐了不到半个时辰，宫保便从里面出来，只见他身体甚是魁梧，长得却很仁厚。高绍殷看见，立刻迎上前去,在他耳边说了几句。只听庄宫保连声叫道:"请过来,请过来。"话音刚落,有个官差跑来喊道:"宫保请铁老爷!"老残连忙走过来,往庄宫保对面一站。宫保看了看老残,说:"久慕先生大名!请里边坐。"说罢,伸手请老残过去,一个官差早将软帘掀了起来。

老残进去后,向宫保深深地做了一个揖。宫保让老残在上座坐下,绍殷在对面相陪,自己坐在两人中间,便问:"听说补残先生学问人品都出众得很。兄弟我资质平平,蒙圣恩让我做这个封疆大吏,其他省份的长官只要尽心尽力地工作就行了,咱们省却还要治理水患,这实在是个难题,所以我没有别的办法,只能求贤若渴,听到有什么能人异士,马上就请来,大家凑到一起想办法。只要有独到见解的,能给我指点一二,那我就受益良多了。"老残说:"宫保的政绩名声是有口皆碑的。只是治理黄河这事,听别人议论,用的是以前贾让的老方法?"宫保说:"是啊。你看,河南的河面多宽,本地的河面多窄呢。"老残说:"也不全是这样。每年汛期的时候,水的流量就比较大,冲击力也很大,但也就是几十天,其余的时候,河水的流量也不是很大,容易淤积泥沙。要知贾让只是文章做得好,他也没有治水的经验。贾让之后有个叫王景的,他治水的方法是从大禹那传下来的,与贾让的方法大不相同,自他治过之后,黄河一千多年没发生过水患,宫保想必也是知道的。不过王景治水也是历经曲折辛苦,短短几句话不能概括,容我写个帖子给您,如何?"

宫保听了,非常高兴,对高绍殷说:"你叫他们赶紧把南书房三间收拾干净了，快请铁先生搬到咱们衙门里来住，我也好随时请教。"老残说："多谢大人厚爱，小人感激不尽，只是小人有个亲戚在曹州府住，我打算去探望一下，并且我听说了玉太尊的治盗事迹，也想去亲眼看看他究竟是何样的人。等小人从曹州回来，再来向宫保请教。"宫保听了，脸色很不愉快。但老残说完就回去了，欲知老残究竟去了哪里，且听下回分解。

第四回
庄宫保求贤若渴
玉太尊治盗有功

　　老残从抚衙出来后，并没有坐轿子回来，而是在街上逛了一会，又在古玩店里待了好久。到了傍晚才回到客店，店里掌柜的跑进老残屋里连说"恭喜"，说得老残直纳闷。

　　掌柜的说："我刚才听说衙门的高大老爷亲自来请您老，说是抚台想要见您，把您请到衙门去了。您老真是有福！住在小店上房里的一个李老爷，一个张老爷，都请京城的人写信介绍去见抚台，三番五次都没见着。好不容易见着一回吧，大人横竖也看不上眼，差点没叫人送到衙门里挨打，像您老这样抚台派人来请去的，这面子该有多大！这不眼看着就能做官了么？小人怎么不给您老道喜呢！"老残说："没有的事，你听他们胡说吧。只因我治好了高大老爷小妾的病，他对我很是感激，我听说巡抚衙门里有个珍珠泉，非常不错，就问他能不能带我去看一看。这不，昨天高老爷正好有空，就来约我看泉水了。哪里有抚台来请我的事！"掌柜的说："我都知道了，您老就别骗我了。先前高大老爷在这里说话的时候，我听他管家说，抚台吃饭之前，从高大老爷房门口走过，还跟他嚷嚷着,让高大老爷赶紧吃饭,吃完就过来请您!来晚了还怕您出门,今儿就见不着您了。"老残笑了笑,说:"你别听他们瞎说,没有的事。"掌柜的说:"您老放心,我不问您借钱。"

正在这时,只听外边大嚷:"你们掌柜的在哪儿?"掌柜的慌忙跑出去。只见门外一个人,一身官府的打扮,一手提着灯笼,一手拿了个大红帖子,嘴里喊:"掌柜的呢?"掌柜的答道:"来了,来了!您老有啥事?"那人说:"你这儿有位铁爷吗?"掌柜的说:"有,有,是有一位铁老爷在东厢房里住着呢,我带您去。"

官差随掌柜走了进来,掌柜指着老残说:"这位就是铁爷。"官差上前一步,向老残请了一个安,举着手中帖子,说:"宫保说,请铁老爷的安!今晚因学台(清代一种官职,级别和巡抚平行)请客,没有留铁老爷在衙门里吃饭,所以叫厨房里赶紧做了一桌酒席,立刻送过来。宫保说,这都是些家常酒菜,不中吃,还请铁老爷多多包涵。"官差回头喊了一声:"把酒席抬上来。"后边有两个人抬着一个三层的长方抬盒,揭了盖子,第一层是碟子小碗,第二层是燕窝鱼翅等类大碗,第三层是一个烧小猪、一只鸭子,还有两碟点心。看完,那人就叫道:"掌柜的呢?"掌柜和伙计都站在旁边,已经看呆了,听到叫声,赶紧回应:"啥事?"那人说:"你叫人把这些送到厨房里去。"老残连忙说:"宫保这么费心,小人受之有愧。"就让那官差到房里去喝茶,那人说什么也不肯。老残一再坚持,那官差才进屋,在旁边一个凳子上坐下;让他上炕坐,他死也不肯。

老残拿茶壶给他倒了碗茶。那人连忙站了起来,一边道谢一边说:"宫保吩咐我们赶紧打扫南书房院子,请铁老爷明后天搬进去住呢。将来铁老爷有什么差事,到巡捕房跟小的说一声就行。"老残说:"不敢,不敢!"那人便站起来,又请了个安,说:"小的就此告辞,请铁老爷赏个名片,小的也好回衙门交差。"老残叫人给了挑盒子的四百钱;又写了个领谢帖子,送官差出去,那人推让再三,老残仍送到了大门,看那人上马走了才回来。

老残从门口回来,掌柜的笑眯眯地说:"您老还要骗我!这不是抚台送了酒席来了吗?刚才来的,我听说是武巡捕赫大老爷,他是个将军呢。这二年里,抚台有时也送酒席来给住在俺店里的客人,但都不过是寻常酒席,差个小兵来就了不起了。像今天这么大的场面,俺这里是头一回见呢!"老残说:"那也不必管他,寻常也好,异常也好,只是这桌菜怎样吃掉呢?"掌柜的说:"可以送给几个要好的朋友,或者今晚写一个请柬,约几位体面的客人,明儿带到大明湖上去吃。抚台送的,比金子买的还荣耀得多呢。"老残哈哈大笑一声,说:"既是比金子买的还要荣耀,可有人要买?我二两金子就卖他,正好拿来还你的房饭钱。"掌柜的说:"不忙,您老房饭钱,我不担心,到时自然有人来替你付。您老要是不信,咱们就等着瞧,看是也不是!"老残说:"先不管他以后的事,就说今

31

晚这桌菜，要我说，就送了你去请客吧。我心里很烦，不想吃它。"

掌柜的再三推却，最后仍由老残请所有住店的客人吃饭，地点就选在这上房里。这上房住着两个人，一个姓李，一个姓张，原本都以为自己特了不起，谁也看不上。今日见抚台如此看重老残，正想好好巴结巴结老残，日后好请老残出面在抚台面前给他俩说说好话，老残要借他的厅堂请客，自然是他二人上座，高兴得不得了。所以这一顿饭，二人拼命地巴结老残，听得老残浑身难受。老残实在没办法，也只好敷衍了几句。好不容易等到酒席散了，老残也喘了口气。

那知这张、李二人，又亲自到老残房里来道谢，一唱一和，又奉承了半日。姓李的说："老兄可以出钱买个官做做，只要肯花钱，一点点慢慢来，用不了多久，肯定能升官的。"姓张的说："李兄是天津的首富，如老兄能在抚台面前多照应他几句，让他能再上一级，老兄你买官花的钱，李兄可以先替你出，等老兄你得到了好的差事，经济宽裕了，再还也不迟。"老残说："多谢二位的厚爱，这也是兄弟我的造化，只是我目前还没有想要从政的想法，将来如果想了，再来求助两位仁兄。"两个人好说歹说又劝了一会，才回房睡下。

老残回屋后，心想："本想再多待两天，看这样子，麻烦事会越来越多。干脆'三十六计，走为上计'。"于是当天晚上就写了一封书信，委托高绍殷转达对庄宫保的谢意。天还没亮，就将店账结完，雇了一辆二把手的小车出城了。

出了济南府西门,往北走十八里,来到一个名叫雒口的
小镇。当初黄河与大清河没有合流的时候,城里的七十二眼
泉水,都在这里入河,本是个极繁盛的地方。自从合流以后,
虽时不时还有货船来往,但和当年繁盛时候比却差远了,只
不过相当于当年的十分之一二吧。老残到了雒口,雇了一只
小船,要他逆流送到曹州府属董家口。老残先付了两吊钱,
让船家买点柴米。恰好当天刮的是东南风,挂起帆来,船"呼
呼"的行得很快。等到日头快要落山了,已到了齐河县城,便
抛锚住下。第二日住在平阴,第三日住在寿张,第四日便到
了董家口,第四天晚上还在船上住。天亮后付了船钱,将行
李搬在董家口一个店里住下。

这董家口,本是曹州府到大名府的一条大道,所以有几
家车店。有家店就叫"董二房老店"。掌柜的姓董,有六十多
岁,人都叫他老董。只有一个伙计,名叫王三。老残住在店
内,本来打算雇车往曹州府去,因想沿路打听玉贤的政绩,就
故意放慢了速度,以便察访。

这天,天色已晚,客人们已经都走了,店伙在打扫房屋,
掌柜的账已写完,在门口闲坐。老残也在门口长凳上坐下,
问老董:"听说你们这府里的大人,治理盗案治得很好,能不
能给我讲讲?"那老董叹了口气,说:"玉大人是个清官,办案
很卖力,就是手段太狠了,开始还抓了几个强盗,后来强盗摸
着他的脾气,玉大人反倒做了强盗的兵器了。"

老残说:"这话怎么讲呢?"老董说:"在我们曹州府西南方

向,有个村庄,叫于家屯。这于家屯也有二百多户人家。那庄上有个财主,叫于朝栋,生了两个儿子,一个女儿。俩儿子都娶了媳妇,还生了两个孙子。女儿也出嫁了。一家人,日子过得和和美美。不料祸从天降,去年秋天,被强盗抢了一次。其实也不过抢去一些衣服首饰,也值不了几个钱。这家就报了案,经过玉大人严查,居然抓了两个帮凶,追回的赃物不过是几件布衣服。那强盗头头早已不知跑到哪里去了。

"谁知因这件事,与强盗结了怨。到了今年春天,那强盗竟在府城里抢了一家子。玉大人立刻派人缉拿要犯,可几天也没有抓着一个人。过了几天,又抢了一家子。抢过之后,还大摇大摆地放火。你想,玉大人怎么可能不管呢?就调集马队,追了下来。

"那强盗抢完了,居然打着火把出城,手里还拿着洋枪,没人敢上前阻拦。出了东门,往北走了十几里地,火把就灭了。玉大人调了马队,正走在街上,地保(清朝和民国初年在地方上为官府办差的人)、更夫就将这情形详细禀报给了大人。大人立即带人追出了城,远远还看见强盗的火把。追了二三十里,看见前面又有火光,还听见两三声枪响。玉大人听了,怎能不气呢?他仗着胆子大,手下又有二三十匹马,都带着洋枪,还怕什么呢。一直追过去,不是火光,就是枪声。到了天快亮时,快到于家屯了,眼看就要追上了。过了于家屯再往前追,却听不见枪声,也看不见火光了。

"玉大人心里一想,说道:'不必往前追了,这强盗一定在这村庄上了。'当时转过头,进了村庄,在路旁的关帝庙下了马。吩咐手下的骑兵,派了八个人,守住东西南北四个方向,不许一个人出去,把当地的地保叫来。这时天已大亮了。这玉大人亲自带着官兵,步行从南头到北头,挨家去搜。搜了半天,连蛛丝马迹都没有。又从东往西搜去,刚刚搜到这于朝栋家,搜出三支土枪、几把刀和十几根竿子。

"玉大人大怒,认定强盗一定在他家。他坐在厅上,把地保叫来问:'这家是什么情况?'地保回答:'这家姓于,老头子叫于朝栋,有两个儿子,大儿子叫于学诗,二儿子叫于学礼,都是捐的监生(花钱取得在国家最高教育机构读书的资格)。'玉大人立刻叫人把这于家父子三个带上来。你想,一个乡下人,见了府里大人来了,又是盛怒之下,哪有不怕的道理呢?到了厅堂,父子三个跪下,已经是哆哆嗦嗦,哪里还能说话。

"玉大人说:'大胆刁民!你把强盗藏到哪里去了?'那老头子早已吓得说不出话来。还是他二儿子,在省城里读过两年书,见过点世面,胆子稍为大些,跪着伸直了腰,回道:'监生家里向来是良民,从没有同强盗有过来往,怎么敢藏着强盗?'玉大人说:'既然没有勾结强盗,那这凶器从哪里来的?'于学礼说:'自从去年被抢过一次,庄上不断出现强盗,所以家里买了几根竿子,叫田户、长工轮班来看家。因强盗拿的是洋枪,乡下买不到,也不敢买,所以从他们猎户那弄了两三支土枪,夜里放两声,吓吓强盗。'玉大人喝道:'胡说!哪有良民敢藏军火的道理！你家一定是强盗！'回头叫了一声：'来人！'那手下人便唰唰地喊了一声：'喳！'玉大人说：'你们派人守好前后门，给我好好地搜！'于是这些马兵进了他家里屋，从上房里搜起，衣箱橱柜，从里到外翻了个遍，稍为轻便值钱一点的首饰，就塞进腰包里去了。搜了半天，倒也没有搜出什么证据。哪知搜到后来，在西北角上，从两间堆破烂农器的一间屋子里，搜出了一个包袱，里头有七八件衣裳，有三四件还是旧绸子的。马兵拿到厅上，回复说：'在堆东西的库房里搜出这个包袱，不像是自己的衣服，请大人查验。'

"那玉大人看了，眉毛一皱，眼睛一瞪，说：'这几件衣服，我记得好像是前天城里被抢那一家子的。先把他们带回衙门去，再慢慢核对。'说完指着衣服对于家父子说：'你说这衣服哪里来的？'于家父子大眼对小眼，都说不出个所以然。还是于学礼说：'小人实在不知这衣服哪来的。'玉大人就起身吩咐：'留下十二个马兵，同地保将于家父子带回城去听审！'说完就回城里了。跟着来的骑兵也上了马，回城了。

"且说这于家父子同他家里人抱头痛哭。这十二个马兵说：'我们跑了一夜，肚子里很饿，你们赶紧给我们弄点吃的，吃完了赶紧上路！大人的脾气谁不知道，去晚了就不得了。'地保也慌慌张张地回去交代一声，收拾行李，叫于家预备了几辆车子，大家坐了进去。二更多天，才进了城。

玉贤在于家抓盗

　　"这于学礼的媳妇,是城里吴举人的女儿,想着她丈夫同她公公、大伯子都被捉了去,日子肯定是难过,就跟她嫂子商量道:'他们爷儿三个都被抓了去,城里不能没个人照料。我想家里的事,嫂子您就先照顾着;我这边也赶紧跟着进城,找俺父亲想法子去。你看好不好?'她大嫂子说:'很好,很好。我正想着城里不能没人照应。村里跟着去的都是乡下佬儿,到了城里,也跟傻子一样,帮不了咱们的忙。'说着,吴氏就收拾收拾,选了一辆双套马车,进了城。到了她父亲面前,号啕大哭。这时候不过一更多天,比他们父子三个还早哩。

　　"吴氏一边哭着,一边把这突来的横祸告诉了她父亲。吴举人一听,浑身发抖,颤颤巍巍地说:'落在这个丧门星手里,他们还有的好吗! 我先走一趟看看吧!'匆忙穿了衣服,到府衙门求见。看门的人禀告后回来说:'大人说的,现在要办案,无论什么人,一概不见。'吴举人和衙门里的师爷关系不错,连忙进去见了师爷,把受的冤屈细细讲了一遍。师爷说:'这案在别人手里,肯定没事。但这位大人向来不照常规办事。如能送兄弟我这边来,包你无事。若没送我这,那就没办法了。'

　　"吴举人接连作了几个揖,重重地托付了几句才出去,来到东门口等他亲家、女婿进来。不到一会,那马兵押着车子已到。吴举人走上前去,见他三人脸上已经没有一点血色。于朝栋看了看,只说了一句'亲家救我',那眼泪就同潮水一样的流了下来。

　　"吴举人正要开口,旁边的马兵嚷道:'大人在堂上等候多时!已经催了四五回了,赶快走吧!'车子继续往前赶。吴举人跟着车子,说:'亲家放心!只要我有办法,赴汤蹈火,肯定去办就是了。'说着,已到衙门口。只见衙门里几个人出来催促:'赶紧带到堂上去!'当时来了几个差人,用铁链子将于家父子锁好,带上去。刚跪下,玉大人拿了被盗物品清单,说:'你们还有什么可说的?'于家父子一看,刚喊了一句:'冤枉',只听堂上惊堂木一拍,大嚷道:'人赃俱获,还喊冤枉!把他站起来(明清的一种酷刑)!去!'左右差人连拖带拽,拉下去了。"欲知后事如何,且听下回分解。

第五回
吴烈妇被逼殉节
众乡亲连遭横祸

　　老董说到这里，老残便问："这爷仨岂不都站死不可啊？"
老董说："可不是呢！那吴举人到府衙门找人求情的时候，他
的女儿——于学礼的媳妇——也跟到衙门口，在延生堂的药
铺里找了个地方坐下，打探消息。听说她父亲没见着府里大
人，已到衙门里头求师爷去了，吴氏便知事情不妙，立刻叫人
把三班头儿请来。

　　"那班头儿叫陈仁美，是曹州府最能干的官差。吴氏把
他请来，把所遭受的冤屈说了一遍，求他想想办法。陈仁美
听了，连连摇头，说：'这是强盗报仇所设的圈套。你们家晚
上有看家的，还有护院的，怎么能让强盗把赃物放到屋里还
不知道？你们也太马虎了！'吴氏就从手上撸下一副金镯子，
递给陈头，说：'无论怎样，求您帮帮忙！只要能救得他们三
人性命，无论花多少钱都愿意。就是将家产田地都卖了，一
家子人去要饭也使得。'陈头儿说：'我去替少奶奶疏通疏通，
做成也别欢喜，做不成也别埋怨，俺有多少力量就使多少力
量吧。这时候，他爷仨恐怕也到了，大人已坐在堂上等着呢。
我这就去替少奶奶打点去。'

"说完告辞。回到班房，陈头把金镯子往桌子一摆，开口说：'今儿于家这个案子分明是冤案，各位有什么办法没有？如果谁能救于家老少三口的性命，我们也算是化解了一起冤案，大家每人还能有几两银子花。谁能想出妙计，这个金镯子就是谁的。'大家都说：'没有一准的法子！只能见机行事吧。'说完，各自去通知已站在堂上的伙计们留神盯着。

"这时于家父子已到堂上。玉大人叫人把他们站起来。就有几个差人生拉硬拽，将他三人拉下堂去。这边值班的衙役就走到公案面前，单腿跪下，说：'禀大人的话：今日站笼没有空的了，请大人指示。'那玉大人听了大怒，说道：'胡说！我这两天记得没有站什么人，怎会没有空的呢？'值班衙役回道：'只有十二架站笼，三天前已满。请大人查簿子看。'大人一查簿子，用手在簿子上点着说：'一，二，三，昨儿是三个。一，二，三，四，五，前儿是五个。一，二，三，四，大前儿是四个。没错，是没空的了。'差人又回道：'能否先将他们关起来，等明后天有人站死了，腾出空缺，将他们补上好不好？请大人明示！'

"玉大人凝了一凝神，说：'我最恨这些东西！将他们关起来，岂不是又让他们多活了一天吗？不行！你去把大前天站的四个放下，带到这来。'差人去将那四人放下，拉上堂去。大人从案上下来，用手摸了摸四人鼻子，说：'还有点气儿。'然后坐上堂去，说：'每人打二千板子，看他们死不死！'哪知才打了几十板子，那四个人就都死了。众人没办法，只好将于家父子站起，却在脚下选了三块厚砖，让他们可以三四天不死,好想办法解救。谁知什么法子都想到,就是不管用。

"这吴氏真是个贤惠妇人!她天天到站笼前来灌点参汤,灌完回去就哭,哭了就去求人,响头不知磕了几千,可那玉大人动也不动。于朝栋毕竟上了年纪,第三天就死了。于学诗到第四天也就差不多了。吴氏将于朝栋尸首领回,亲自看着将他火化,又换了孝服,将她大伯、丈夫后事托给了她父亲,自己跪到府衙门口,对着于学礼哭了个死去活来。最后对她丈夫说:'你慢慢地走,我替你先到地下收拾房子去!'说罢,袖中掏出一把锋利的小刀,向脖子上只一抹,就没有气了。

"这里班头陈仁美看见,说:'诸位,这吴少奶奶如此节烈,都可以立块牌坊了。我们不如借这个机会跟大人说说,替他求求情。我看,如果现在把于学礼放下来,说不定还有救。'众人都说:'有理。'陈头立刻进去找了稿案(清代地方官署中管理收发公文的小吏)门上,把那吴氏怎样节烈说了一遍,又说:'大伙的意思是:这节妇为夫自尽,实在感人,可否求大人将她丈夫放下,以告慰烈妇在天之魂?'稿案说:'有道理,我这就跟大人说去。'说完,抓了一顶大帽子戴上,见了大人,把吴氏怎样节烈,众人怎样乞恩,说了一遍。玉大人笑了笑,说:'你们倒好,忽然的慈悲起来了!你会慈悲于学礼,你就不会慈悲你主人吗?这人无论冤枉不冤枉,若放下他,一定不会善罢甘休,以后说不准还会影响我的前途。俗语说得好,'斩草要除根',就是这个道理。何况这吴氏最可恨,她一肚子觉得我冤枉了她一家子。要不是因为她是女人,就是死了,我还要打她二千板子出出气呢!你传话出去:谁要再来替这家子求情,就说明他收了于家的好处,就把这求情的人也用站笼站起来就完了!'稿案出来,一五一十将话告知了陈仁美。大家叹口气就散了。

"那里吴家已带着棺木前来收殓。到了晚上,于学诗、于学礼先后咽了气。一家四口的棺木,都停在西门外观音寺里,我春天进城还去看了看呢!"

老残问:"于家后来怎么样呢,就不想报仇吗?"老董说:"有什么办法呢! 老百姓被当官的害了,除了忍受,还能怎么着? 要是往上告,案子还得发回来重审,再落在他手里,又得搭上几条人命。

"那于朝栋的女婿倒是一个秀才。四个人死后,于学诗的媳妇也到城里去了一趟,商量着要上诉。就有上了岁数见过世面的人说:'不行,不行! 你想叫谁去呢? 若说叫于大奶奶去,两个孙子还小,家里这么多的产业,全靠她一人支撑呢,她再有个长短,这家产恐怕就得被族人分了,这两个小孩子谁来抚养? 这不是断了于家香火么。'又有人说:'大奶奶不能去,要是姑老爷去走一趟,倒没有什么不可。'她姑老爷说:'我去倒是可以,大不了站笼里多添个屈死鬼。你想,抚台一定将状子发回原地审问,即便派个专员前来会审,但官官相护,玉贤又拿着人家丢的衣服来顶我们。我们不过说:那是强盗栽赃的。'他们问:'你亲眼看见了吗? 你有什么凭据? 那时自然说不出来。他是官,我们是民。他是有失物单据为凭的,我们手里没有证据。你说,这官司能打赢么?'众人想想也是,真没有法子,只好罢了。

烈女吴氏戴孝为夫求情

"后来听得他们说：那栽赃的强盗，听说这事，都后悔得了不得，说：'我当初恨他报案，毁了我两个弟兄，想用这个借刀杀人的办法，让他家吃几个月官司，让他们家破点财。谁知道竟闹到这个地步，连伤了他四条人命！其实我同他家也没有这大的仇恨啊！'"

老董说罢，又说："您老想想，这不是给强盗做兵器吗？"老残说："这强盗所说的话又是谁听见的呢？"老董说："那是陈仁美他们在玉贤那碰了钉子，看这于家死得实在惨，又平白地收了人家一副金镯子，心里过意不去，所以大家动了公愤，齐心协力要破这个案子。又加上附近一些江湖上的英雄，也恨这伙强盗做得太毒，所以不到一个月，就捉住了五六个人。有三四个关系到别的案子的，都站死了；有两三个只和于家这一案有关的，都被玉大人放了。"

老残说："玉贤这个酷吏，实在可恨！他除了这个案子以外，有没有办过别的这样的案子？"老董说："多着呢，等我慢慢地说给您老听。就咱这个庄上，就有一案，也是冤枉，不过个把人命就不算事了，我说给您老听……"

正要往下说时，只听他伙计王三喊道："掌柜的，你怎么着了？大家等你和面做饭吃呢！您老的话布口袋破了口儿，说不完了！"老董听着就站起身来，走到后边去做饭。接连又来了几辆小车，渐渐的住店的客人陆续来了，老董前后招呼，没时间来说闲话。

过了会，吃过了饭，老残见老董忙着算饭钱，招呼生意，正干得起劲，便上街头闲逛。出门往东走了二三十步，有家小店,卖油盐杂货。老残进去买了两包兰花潮烟。顺便坐下,看柜台里边的人,五十多岁模样,就问他:"贵姓?"那人说:"姓王,就是本地人氏。您老贵姓?"老残说:"姓铁,江南人氏。"那人说:"江南真是好地方!'上有天堂,下有苏杭',不像我们这地狱世界。"老残说:"此地有山有水,也种稻,也种麦,与江南何异?"那人叹口气,说:"一言难尽!"就不往下说了。

老残问:"你们这玉大人好吗?"那人说:"是个清官!是个好官!衙门口有十二架站笼,天天满满的,难得有空下来的时候。"说话的时候,后面走出一个中年妇女,手里拿着一个粗碗,在架子上找东西,看柜台外边有人,她看了一眼,继续找东西。

老残说:"哪有这么多强盗呢?"那人说:"谁知道呢!"老残说:"恐怕不少被冤枉的吧?"那人说:"不冤枉,不冤枉!"老残又问:"听说他随便看哪个人不顺眼,就把那人用站笼站死,或者说话说的不得法,犯到他手里,也是一个死。有这事吗?"那人说:"没有!没有!"只是觉得那人一面答话,那脸就渐渐发青,眼眶子就渐渐发红。听到"或者说话说的不得法"这句话的时候,那人眼里已经含了许多泪,只是没有掉下来。那找东西的中年妇女,却止不住泪珠直滚下来,也不找东西了,一手拿着碗,一手用袖子挡着脸,往后院跑去,才跑到院子里,就嗷嗷地哭起来了。

老残还想再往下问,见那人脸色惨白,知道其中定有冤情,只是不敢说出来,也只好说两句闲话就走了。走回店去就回屋坐了一会,看了两页书,见老董事也忙完,就缓步走了过去,找老董闲聊,把刚才小杂货店里发生的事情告诉老董,问他是怎么回事。老董说:"这人姓王,夫妻两口子,三十岁才成家。他女人小他十来岁呢。成家后,只生了一个儿子,今年已经二十一岁了。这家小杂货店的货,平常都是在村里有集的时候买进;有些精细点的货,是他儿子到府城里去贩卖。今年春天,他儿子在城里,不知怎的,多喝了两杯酒,在别人店门口,就把这玉大人怎样糊涂,怎样好冤枉人,随口瞎说了几句。被玉大人手下的心腹听到了,就把他抓进衙门。大人坐堂,只骂了一句:'你这东西谣言惑众,还了得吗!'站起站笼,不到两天就站死了。您老才见的那中年妇女就是这姓王的妻子,她也四十开外了。夫妻两个只有这么一个儿子。你提起玉大人,叫她怎能不伤心呢?"

老残说:"这玉贤真是该死,想不到在省城里的名誉居然好到那个地步,真是怪事!我要是有权,这人非杀不可。"老董说:"您老小点声!您老在这儿,随便说说还不要紧;要是到城里,可别这么说了,要送性命的呢!"老残说:"承蒙关照,我小心就是了。"当日吃过晚饭就睡下了。第二天,便辞了老董,乘车出门了。

当晚,老残住在马村集。这地方比董家口略小些,离曹州府只有四五十里。老残在街上看了,只有三家车店,两家已经住满,只有一家没有人住,大门却半开着。老残推门进去,找不着人。半天,才有一个人出来说:"我家这两天不住客人。"问他什么原因,他也不说。想再找一家吧,也不好找,最后和他商量了半天。那人才没精打采地开了一间房，嘴里嘟囔着："茶水饭食都没有，客人没地方睡，在这里将就点吧。我们掌柜的进城收尸去了，店里没人，您老吃饭喝茶，门口南边有个小饭馆，您去那吧。"老残连声说："多谢，多谢！赶路的人将就将就就行。"那人说："我睡在大门旁边南屋里，您老有事，就过来招呼我。"

老残听了"收尸"二字，放心不下。吃过了晚饭，回到店里，买了四五包花生，打了两瓶酒。那个店伙早已把灯掌上。老残对店伙说："我这有酒，你关了大门，过来喝一盅吧。"店伙爽快答应着，跑去把大门关了，走进来说："您老请用吧，俺可不敢当。"老残拉他坐下，倒了一杯给他。他笑嘻嘻地一个劲儿地说"不敢"，其实酒杯子早已送到嘴边去了。

刚开始说些闲话，几杯之后，老残便问："你刚才说掌柜的进城收尸去了，这是怎么回事？难道又有什么人被玉大人害了吗？"那伙计说："仗着此地一个人也没有，俺就说句实话：俺们这个玉大人真是了不得！赛过活阎王，碰着了，就是个死！俺掌柜的进城，为的是他妹夫。他这妹夫也是个很老实的人。因为掌柜的兄妹两人感情好，所以都住在这店里后面。他妹夫常到乡下买几匹布，再到城里去卖，赚几个钱贴补家用。那天背着四匹白布进城，摆在庙门口地上卖，早晨卖了两匹，后来又卖了五尺。末了又来一个人，买八尺五寸布，一定要在那整匹上扯，说愿意每尺多给两个大钱，就是不要别人已经扯过的那匹布，乡下人见多卖十几个钱，哪有不愿意的？就给他扯了。谁知没两顿饭工夫，玉大人骑着马，

从庙门口走过,旁边有个人上去不知说了两句什么话,只见玉大人朝他望了望,就说:'把这个人连布带到衙门里去。'

　　"到了衙门,大人升了堂,叫人把布送上来,看了一看,就拍着惊堂木问:'你这布哪里来的?'他答:'我乡下买来的。'又问:'每匹有多少尺寸?'他说:'一个卖过五尺,一个卖过八尺五寸。'大人说:'你既然是零卖,两个是一样的布,为什么这个上撕撕,那个上扯扯呢? 还剩多少尺寸,怎么说不出来呢?'叫差人说:'替我把这布量一量!'当场量过报上去说:'一个是二丈五尺,一个是二丈一尺五寸。'

　　"大人听了,大怒,扔给他一个单子说:'你认识字吗?'他说:'不认识。'大人说:'念给他听!'旁边一位先生拿过单子念道:'十六日早晨,金四报案:昨天太阳落山时候,我在西门外十五里被劫。一个人从树林子里出来,用大刀在我肩膀上砍了一刀,抢走大钱一吊四百,白布两匹:一匹二丈五尺,一匹二丈一尺五寸。'念到这,玉大人说:'布匹尺寸颜色都与失单相符,这不是你抢的是谁抢的? 你还想狡辩吗? 拉下去站起来! 把布匹交还金四结案。'"欲知后事如何,且听下回分解。

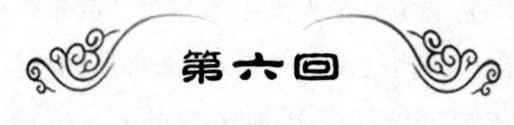

第六回
访民情怨声四起
遇故交秉烛谈心

上回说到玉大人将掌柜妹夫送进了站笼,布匹交给金四结案。老残便问:"这事我已经明白了,很明显是捕快设的圈套,你们掌柜的肯定得去替他收尸。但是,这么一个老实人,为什么有人要害他呢,你掌柜的就没有打听打听吗?"

店伙说:"这事案一结,我们就知道了,都是因为他嘴快惹的祸。我也是听别人说的:衙门南门大街西边小胡同里,有户人家,只有父女两人。她父亲四十来岁,女儿十七八岁,长得有模有样,还没定亲。她父亲做些小本生意,一家人住在三间草房里,有个土墙院子。这闺女有一天在门口站着,被府里马兵的队长'花胳膊'王三碰见了,王三看她长得漂亮,不知用了什么法子,就把她弄到手了。过了几天,活该倒霉,被她父亲回来一头撞见,她父亲气了个半死,狠狠打了闺女一顿,把大门一锁,不许女儿出去。不到半个月,那'花胳膊'王三就编了个法子,诬陷她父亲是强盗,用站笼站死了。后来不但她闺女成了王三的媳妇,就连那房子也成了王三的了。"

"俺掌柜的妹夫,曾在他家买过两回布,认识他家,知道这件事情。有次在饭店里多喝了两杯酒,就耍起酒疯,同这北街上的张二秃子,边喝酒边说话,把这事说了出去,还说这些人怎么没个天理。那张二秃子也是个不知深浅的人,听得高兴,就往下问,说:'他还是义和团里的小师兄呢。那二郎神、关老爷多少正神附在他身上,难道就不管管他吗?'他妹夫说:'可不是。听说前不久,他请孙大圣,孙大圣没有到,倒是猪八戒老爷下来的。要不是因为他昧良心,为什么孙大圣不下来,倒叫猪八戒下来呢?恐怕他这种坏了良心的,总有一天碰着大圣不高兴的时候,举起金箍棒来给他一棒,那他就受不住了。'二人谈得高兴,却不知这些话早被义和团的人传到王三那了,还记住了他们两人长相。没过几个月,他妹夫就被害死了。张二秃子知道情况不妙,仗着他没有家眷,逃到河南归德府投奔朋友去了。"

说到这,伙计说:"酒也喝完了,您老睡吧。明天进了城,说话千万要小心!俺们这里人人都担惊受怕,稍不留神,说不定就进了站笼了。"说完,他就走了。

第二天一大早,老残收拾好行李,叫车夫搬上车子。店伙送出来,再三嘱咐:"进城后千万不要多说话。切记,切记!"老残笑了笑,说:"多谢关照。"车夫将车子启动,向南大路走去,不到中午,到了曹州府。进了北门,就在府前大街找了一家客店住下。吃过了饭,老残就到府衙门前看看。看那大门上悬挂着通红的彩绸,两边果真有十二个站笼,却都是空的,一个人也没有,老残心里纳闷:"难道这一路传闻都是假的吗?"转了一会儿,只好回客店去。只见上房里有许多戴大帽子的人进进出出，院子里放了顶大轿，许多穿着棉袄裤、戴着大帽子的轿夫在那里吃饼，还有几个衙役打扮的人，衣服上写着"城武县民壮"字样，老残心想这上房里住的肯定是城武县的官员了。过了许久，只听见上房里有人喊了一声"伺候"，那些轿夫们就将轿子搭到台阶下。前头有人打了把红伞，从马棚里牵出两匹马，这时上房里帘子打起，出来一个人，年纪约在五十岁上下，穿着官服，从台阶上下来，进了轿子，只听"呼"的一声，轿子就出门了。

老残见了这人，心里想："这人好熟悉！我从没来过曹州府，这人好像在哪里见过呢……"想了好久，想不起来，只好算了。看看时间还早，又来街上打探，百姓竟然异口同声说玉大人好，不过都面容凄惨，老残不禁暗暗点头，深服古人"苛政猛于虎"这话真是一点不假。

回到店中，在门口稍坐了一会。刚好城武县官员从外头回来，进了店门，从轿子玻璃窗朝外一看，正好与老残的目光对上。一会工夫，轿子已到上房门口，那当官的从轿子里出来。老残远远看见他跟家人说了几句，只见那家人赶紧向门口跑来，那当官的却还站在台阶上等着。家人跑到门口，对老残说："请问您是铁老爷么？"老残说："正是。你怎么知道？你主人姓什么？"家人说："小的主人姓申，从省里来的，刚被抚台派到城武县任职，我家主人说请铁老爷到上房里去坐呢。"老残忽然想起，这人就是巡抚衙里管文案的申东造。虽然见过两三次，但没说过几句话，所以记不大清了。

老残赶忙走了过去，见了东造，彼此作了揖。东造请老残到里屋坐下,然后换了便服出来,对老残说:"先生什么时候过来的?到这里多少天了?就住在这店里吗?"老残答道:"今天到的,离开省城不过六七天,就来到这了。您是几时离开省城的?先去了城武县再过来的吗?"东造说:"兄弟也是今天到的,大前天离开的济南。我出来的前一天,还听姚云翁说,宫保看您离开了,心里难过得很,说自己一生爱惜人才,以为天下没有他招不来的,如今遇到一个视钱财、权势如粪土的铁公,对比起来,觉得自己实在龌龊得很!"

老残说:"宫保爱才如命,兄弟实在佩服。但我离开,并不是因为自命清高:第一是因为自己才疏学浅,不值得宫保这么样抬举我,第二是因为玉贤这人名望这么大,我想看看他到底是怎么样的一个人。至于'高尚'二字,兄弟不但不敢当,而且也不想去当。世上有才华的人毕竟有数,有些愚笨的人,装出高尚的样子,好让人看不出他笨,但有真才实学的人,要是藏着不出来,就辜负老天爷对他的厚望了。"东造说:"听别人谈起你,我已经很是佩服了,今日一谈,更是五体投地。依你看,我们这位玉太尊(明清时对知府的尊称)究竟怎样呢?"老残说:"在我看来,玉贤只不过是一个手段卑劣的酷吏罢了。"东造连连点头,又问道:"小弟听说的跟先生所说大不相同,先生云游四方,一定比我们知道的多多了。我想玉贤如果真的这么残忍,肯定有很多冤案,为什么没有一个往上告呢?"老残就将这一路上的所见所闻细细地跟东造说了一遍。

说到一半的时候,家人来请吃饭。东造便留老残一起吃饭,老残也不推让。吃完了,老残问:"有一件事我觉得很纳闷:今天我见府衙门口那十二个站笼都空着,难道老百姓说的不是实话么?"东造说:"不是的。我在菏泽县衙里听说,上头为了嘉奖玉贤,除了现在的职位之外,还赏了他一个二品的官衔。玉贤这才停刑三日,让大家贺喜。你没见衙门口挂着红彩绸吗?今天是停刑的第一天,听说昨天站笼上还有几个半死不活的人呢,现在都关在牢里了。"说完,两个人又连连叹气。老残说:"东造兄一路辛苦,天色不早了,请休息吧。"东造说:"明天晚上,还请老兄过来谈谈,兄弟难言之事,还请先生给我出出主意呢。"说完,二人回房了。

第二天早晨,天阴得厉害,西北风把棉袍子都刮起来了。老残洗了脸,吃过早饭,就去了街上溜达。正想到城墙上去看看远景,这时空中突然飘起了雪花,不一会,雪越下越大。老残赶紧回到店里,叫店家点起火盆。窗户纸被大风吹得"呼呼"作响。房间里更显得阴风森森,异常惨淡。

老残坐着无聊,书又在箱子里,不方便拿,只好闷闷地坐着,不禁思绪万千,于是从枕头匣里取出笔砚来,在墙上写了一首诗。诗曰:

得失沧肌髓,因之急事功。冤埋城阙暗,血染顶珠红。

处处鸺鹠雨,山山虎豹风。杀民如杀贼,太守是元戎!

落款是"江南徐州铁英题"七个字。

写完后,便去吃午饭。那雪下得越来越大了。老残站在房门口朝外一看,只见大小树枝,仿佛都被新棉花裹上了似的,树上有几个老乌鸦,缩着脖子避风,不住地抖擞羽毛,怕雪堆在身上。又见许多麻雀，躲在屋檐底下，也缩着头，那饥饿寒冷的样子让人看了都可怜。老残想："这些鸟雀，靠吃草籽和小虫充饥。现在小虫都冬眠了，找不到。就连草籽，也被风雪盖住了，上哪里找呢？如果明天天晴了，雪稍微化一点，西北风再一吹，雪又冻住了，就更找不到了，这些鸟雀岂不是要饿到开春吗？"想到这里，就心疼起这些鸟雀来。但又想："这些鸟雀虽然挨冻受饿，却没有人放枪伤害他，也没有人用网捕它们，现在暂时饥寒，撑到明年开春，日子就好过了。哪像曹州府的百姓呢，这几年收成本来就不太好。又摊上这么一个暴虐的父母官，动不动就把好人当强盗抓起来，用站笼站死，吓得百姓连一句话也不敢说，人过的日子不是要比这鸟雀还要苦吗！"想到这，不禁落下泪来，悲愤交加，恨不得立刻杀了玉贤，才能泄心头之愤。

正在胡思乱想，见门外来了一顶轿子，后面跟着家人，老残知道是申东造回来了。心想："我为什么不将这里的情况，写封信告诉庄宫保呢？"于是从枕箱里取出信纸信封来，提笔便写。哪知刚刚在墙上作诗后，砚台上的墨早已冻成冰了，于是化一点写一点，写了好久，才写了两三页纸。

正在两头忙着，天色又暗下来，因为阴天，所以天比平常黑得早，于是喊店家拿盏灯来。喊了很久，店家才拿了一盏灯，缩手缩脚地进来，嘴里还喊道："好冷呀！"把灯点着了，屋里还是不亮。店家说："等一会，油化开就亮了。"又拨了拨灯芯，站着看那灯灭不灭。刚开始灯光只不过有黄豆那么大，渐渐地油化开了，屋里就亮多了。店家抬头，忽然看见墙上题的字,惊恐地说:"这是您老写的吗?写的是啥?可别惹出乱子呀!这可不是闹着玩的!"赶紧又回过头,看外面没有人,又说道:"弄得不好,要掉脑袋的!还连累了我们!"老残笑道:"底下写着我的名字呢,不要紧。"

说着,外面走进一个人。此人戴着红缨帽子,叫了一声"铁老爷",那店家就走了。进来的那人说:"我家老爷请铁老爷去吃饭呢。"原来他是申东造的家人。老残说:"谢谢你家老爷,请他自己吃吧,我已经让他们去做饭了,一会儿就好了。"那人说:"我家老爷说:店里饭不好吃。我们那里有人送来两只山鸡,已经都片好了,又切了些羊肉片,说一定要请铁老爷过去吃火锅呢。老爷说,如果铁老爷不肯来,他就叫人把饭端到这屋里来吃,铁老爷还是去吧。那屋子里有大火盆,有这屋里火盆四五个大,暖和得多呢。下人们也好侍候,您就成全我们吧!"

老残没办法,只好上去。申东造见了,说:"残兄,在屋里做什么,这大雪天,咱们喝两杯吧!今儿有人送来极新鲜的山鸡,涮了很好吃,我就借花献佛了。"说着,两人坐下。下人端上山鸡片,果然又红又白,涮着吃,味更香美。东造说:"先生尝尝,吃出不一样的味么?"老残说:"这么一说,果然觉得肉味清香,这是为什么呢?"东造说:"这鸡出在肥城县桃花山里头。这山里松树很多,这山鸡专好吃松果,所以有点清香,俗名叫作'松花鸡'。就是在本地,也很不容易得到。"老残赞叹了两句,饭菜也都摆上了桌子。

吃过了饭,东造请老残到里间房里喝茶、烤火。看见老残穿着一件棉袍子,便问:"这么冷的天,怎么还穿棉袍子呢?"老残说:"也没感觉太冷,我们这种人从来不穿皮袍子,这棉袍子恐怕比你们的狐皮还要暖和些呢。"东造说:"这可不行。"便喊:"来人呐!你们把我扁皮箱里那件白狐的袍子拿出来,送到铁老爷屋子里去。"

老残说:"千万别,我不是客气!你想,天底下有穿狐皮袍子摇串铃的吗?"东造说:"你本来用不着摇那串铃的,这又何必呢!先生不嫌弃,拿我兄弟还当个人,不管你愿不愿听,我这有两句放肆的话还是要说。昨天先生说瞧不起那些追名逐利的人,兄弟我佩服得很。然而先生所做的事情,却又和你的说法不同。宫保一定要先生出来做官,先生却半夜里跑了,非要做摇串铃的江湖郎中。请问,这和你昨天所说身怀绝技却隐藏起来的人,有何分别呢?兄弟话不中听,多有冒犯,请先生想一想,是不是这个理呢?"

老残说:"摇串铃,虽然不能济世救人,但做官就能济世救人吗?请问:先生已经是城武县的父母官了,您做了对老百姓和天下兴亡有益的事情了么?先生要是胸有成竹,我正想请教呢?我知道先生以前做过两三任官,请问您可做过什么惊天动地的大好事吗?"东造说:"话不能这么说。像我们这些庸才,只是混日子罢了。像阁下您有如此宏伟志向,不当官为百姓做点事,实在可惜。庸才拼命也要当官,真正有才华的人拼死也不做官,这可真是天下最遗憾的事情!"

老残说:"也不一定,要我说无才的人当了官还不要紧,糟糕的是那些有才的人要做官。你想,这个玉太尊,难道没有才吗？只因为太想当官了，而且急于做大官，所以不惜做这么多伤天害理的事。而且他在外边声誉又这么好，只怕用不了几年，官就会越做越大。官愈大，害的人越多。做哪个地方的太守哪个地方就遭殃，做哪个省的巡抚哪个省就遭殃，要是做了宰相，恐怕天下的百姓就遭殃了！这样看来，你说是有才的人当官害处大，还是无才的人当官害处大呢？要是玉贤也像我，摇个串铃子混混，大病人家不用他治，那些小病小痛，治坏了也死不了人。就算他一年医死一个，活一万年，还赶不上他做一任曹州知府害的人数多呢！"不知申东造又怎么说，且听下回分解。

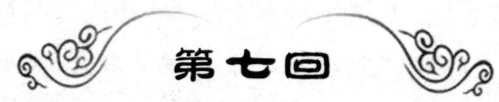

第七回
为除盗患献良计
东昌城里觅书香

话说老残与申东造说起玉贤为了做官,做了那么多伤天害理的事情,俩人一边说一边叹气。东造说:"昨天我说有要事与先生商量,就是这事。先生想,这人如此残忍,兄弟偏偏又在他属下做官。照他说的做,实在不忍心;不照他说的做,也不行。先生见多识广,想请教先生,我该怎么做才好?"老残说:"知道这件事难办,那就好办了。阁下不必这么谦虚,兄弟想问你,愿做什么样的官?要是想讨好上级,把官做得像模像样,你就学玉贤,但这么做了非逼民为盗不可;要是心里还想着'父母官'这三个字,还想着为民除害,我也有办法让强盗变成良民。如果官比较大,权力也大,办事也比较方便;如果只是一县之长,权力有限,就有些困难,但也不是一点办法也没有。"

东造说:"兄弟当然想做个为民除害的官。如果真能保一方太平,就算我一辈子不升官,也不至于冻死饿死。伤天害理的事我怎能去干!但是我也有难言之隐啊。我的前任手下有五十多个办案人员,但是盗窃案仍是屡禁不止,再加上公款亏空太多,所以被罢了官。小弟觉得花光了钱,要是能保得一方平安,也没什么大不了的,只是这两件事都没办好,那可怎么办呢!"老残说:"养了五十多人,需要的费用确实很多。但依你的官衔,能得到的拨款也很多,还不至于亏空吧?"东造说:"也就千百两银子吧,经不起折腾。"

老残说:"我有个办法。老兄一年筹一千二百两银子,我教你个方法,包你管辖范围内没有一起盗案;就算有也包你立刻破案。你觉得如何?"东造说:"先生肯来帮助我,我真是百般感谢。"老残说:"不是我去帮你,只是告诉你一个法子。"东造说:"你不去,谁能去做这事呢?"老残说:"我给你推荐一个人。但是这人,大人千万不可怠慢。如果怠慢了他,他必不肯来,而且还会带来麻烦。

"这人姓刘,号仁甫,就是本地人,家在平阴县西南桃花山里面。这人十四五岁时就在嵩山少林寺学拳。学了几年,觉得少林寺武功徒有虚名,没什么大不了的,于是闯荡江湖近十年。在四川峨眉山上遇见了一个和尚,武功绝顶,他就拜和尚为师,学了一套'太祖神拳'。他问和尚这套拳术从哪里来的,和尚说是出自少林寺。他就大为惊讶,说:'徒弟在少林寺待了四五年,没见一个拳法出色的,师父跟谁学的呢?'那和尚说:'这是少林寺的拳法,却不从少林寺学来。少林寺里的拳法,已失传很久了。你所学的太祖拳,是达摩传下来的;那少祖拳,是神光传下来的。当初传下这个拳法,目的是让和尚们练习了可以强壮身体,弘扬少林精神。哪知后来少林寺拳法出了名,很多外边来的人也来学,学会了,竟有做强盗的,也有奸淫掳掠的。因此,寺中的老和尚就将少林

拳法藏起来不再外传,只教些好看不中用的拳法罢了。我使的便是正宗的少林拳法,若能认真修炼,将来必成大器。'

"刘仁甫在四川住了三年,尽得老和尚真传。当时正是广东闹匪乱的时候,他从四川出来,就在湘军、淮军里混了一段时间。但参加湘军的大多是湖南人,参加淮军的大多是安徽人。外省的人进去了,就是有人推荐,了不起也就是当个小官,想当大官是万万办不到的。这人也就当了个小官,剿匪结束后,就回到了家乡,种了几亩地,过起平常生活来。不忙的时候,就在山东、河南两省到处游玩。这两省的武林人士,都知他的名气。所以这两省会点武功的,一听他名字都惧他三分。你要是能请到此人,每月给他一百两银子,任他支配。再招十个人,供他差遣就够了。

"河南、山东、河北三省和江苏、安徽两省的北部连为一体,这地方的强盗分大盗和小盗两种:小盗都是一些失业者和游手好闲之徒,平日里干些个偷鸡摸狗的事。就像玉太尊抓的那些人中,十个人中有九个半是良民,那半个就是这些小盗,而那些大盗,太尊却一个也抓不到。但是大盗却规矩得多,京城里保镖的,一趟镖不管十万还是二十万银子,一两个人送,便一路无事。其实这镖局和强盗都是认识的,只要镖车上插了镖局的旗号,那强盗碰见了,彼此打个招呼,也就过去了。这就叫作江湖上的规矩。

"我刚才说的这个刘仁甫,在江湖上很有名气。京城里的镖局去请过他几次,他都不肯去,情愿隐姓埋名,做个农夫。如果他能来你这,就好比你们县开了一个保护本县的镖局。他没事时，只要在街上茶馆饭店里一坐，凡是江湖上的朋友路过，他一看便知，留着吃点饭，喝会儿茶水，不用十天半个月，各处大盗头头就全晓得了，肯定传下命令：刘某所在之地，不许打搅。至于小盗，他们没有帮派，也就是偷鸡摸狗罢了，刚一动手，肯定有人暗中报信，失主还没来得及报案，这人可能就被抓了。若是作案的地方比较远，沿路也有刘仁甫的朋友，暗中帮他抓盗。说是给他十人差遣，其实只要四五个用着顺手的人就够了。那多余的五六个人，也就是站在轿子前头摆摆威风，或者跑腿送信罢了。"

东造说："如您所说，自然是最好不过了。但是镖局都聘不到这个人，兄弟请他，恐怕他也不会来，这可怎么办呢？"老残说："你去请他，他当然不肯来，只要我给他写封信，详细给他讲讲这里的情况，拿救全县的无辜良民的话打动他，他就肯来了。况且我和他交情很深，我劝他来，他一定肯的。"

东造听了，连忙作揖道谢，说："自被委以武城县知县以来，我没睡过一天安稳觉。今天听了先生这番话，让我如梦初醒，好似害了一场大病，得以痊愈，真是万幸啊！只是这封信得派什么人送去好呢？"老残说："必须得是亲信朋友才行。随便叫个人送去，怠慢了他，他一定不肯出来。"东造连连说："是的，是的。我有个族弟，明天就到，可以让他去一趟。先生什么时候写呢？"老残说："明天我闭门在家。我正在写一封给庄宫保的信，委托姚云翁给我捎过去，谈一下玉贤在曹州府的所作所为，大约明天能写完。这两封信我就一块写吧，写完我后天就走。"东造问："后天去哪？"老残说："先到东昌府柳小惠家看他收藏的宋、元版书,然后回济南过年。再往后,连我自己也不知道了。天不早了,睡觉吧。"此时,外面已下起了大雪,东造叫家人:"拿个灯笼,送铁老爷回去。"

第二天,雪停了,屋里却比前两天更冷了。老残起床后喊店家称了五斤木炭,生了一个大火盆,又叫人买了几张厚窗纸,把那破窗户糊了。不一会儿,屋里暖和起来,不像刚才那么冷了。老残把砚池用火烘一下,把昨天还没写完的信写完,封好,又把给刘仁甫的信写完,一起送到上房,交给了东造。

东造将写给宫保的信送到驿站,又将给刘仁甫的信,放到枕头箱里。两人一起吃过午饭,又闲谈片刻。过了没多久,门外来了一个四十岁上下的人,头发、衣领上挂满了雪花。这人走进堂屋,先给东造作了个揖。东造说:"这就是我族弟,号子平。"回过脸来说:"这是铁补残先生。"申子平走近一步,作了个揖,说:"久仰!"三人彼此寒暄一阵。那时又有一个家人揭了门帘,拿了好几个大红全帖进来,老残知道是师爷们来见东造的,就趁势走了。

晚饭之后,申东造又将老残请到上房,将如何到桃花山请刘仁甫的话对子平详细说了一遍。子平又问:"怎么走最近?"老残说:"从这里怎么走,我不知道。以前是从省城顺黄河到平阴县,出了平阴县向西南走三十里地,就到山脚下了。进山就不能坐车了,最好带头小毛驴:走在平坦的地方,就骑驴;要是路比较险,就下来走两步。进山有两条大路,从西边走十几里,有座关帝庙。那庙里的道士与刘仁甫常有来往的。你到庙里一打听,就知道了。"子平问明白后,便回房歇息去了。

次日,老残起了个大早,出门雇了一辆骡车,把行李装好。此时申东造在府衙办事。老残就将前晚东造送的那件狐裘和一封信,交给店家,说:"这些东西等申大老爷回店的时候再给他,现在不要送。"店里掌柜的忙打开柜房里的木头箱子,把东西装了进去,然后送老残上车,上车后往东昌府方向去了。

一路上风餐露宿,第三天到了东昌城内,老残找了一家干净旅店住下。当晚安排妥当了,第二天早饭后便到街上寻找书店。找了好久,才找到一家小小书店,门面不大,一半卖纸张笔墨,另一半卖书。老残走到卖书这边柜台外坐下,问此地什么书卖得好。

那掌柜的答道:"我们这东昌府,最盛行读书。所辖十个县,俗名叫作'十美图',家家富裕,户户读书。这十县所用的书,都是从小店这买的。小店后边还有客栈,还有作坊。许多书都是本店自己出版印刷的,不用到外边去买。您老贵姓,有什么小店可以帮忙的么?"老残说:"我姓铁,来这拜访一个朋友。你这里有旧书吗?"掌柜的说:"有,有,有。您老要什么吧?我们这儿多着呢!"回过头来指着书架子上的白纸条儿数道:"您老瞧!这里什么都有,有讲正经学问的,有讲杂学的,还有《唐诗三百首》。再古点的,还有《古文释义》。还有一部宝贝书呢,叫作《性理精义》,这书要是都能看得懂,那可就了不得了!"

老残笑道:"这些书我都不要。"那掌柜的说:"还有,还有。那边是诸子百家,我们小店都是全的。若要说黄河以北,除了省城济南的书店,就要算我们小店是第一家大书店了。别的城里都没有专门的书店,大半在杂货铺里带卖书。方圆二三百里,学堂里用的《三》《百》《千》《千》,都是在小店里买的,一年要卖上万本呢。"老残说:"什么叫'三百千千',我怎么没有见过。是部什么书?怎么销得这么多呢?"掌柜的说:"唉!先生不要说笑!我看您老很文雅,不能连这个也不知道。这不是一部书,'三'是《三字经》,'百'是《百家姓》,一个'千'是《千字文》,另一个'千'字呢,是《千家诗》。这几本书都是我们这销得最好的。"

老残说:"难道《四书》《五经》都没有人买吗?"掌柜的说:"怎么没有人买呢,《四书》小店就有。《诗》《书》《易》三经也有。想要《礼记》《左传》呢,我们也可以写信到省城里捎去。您老来拜访的朋友,是哪一家呢?"

老残说:"是柳小惠家。当年他老太爷在我们那做官,听说他家收藏的书极多。他刻了一部书,名叫《纳书楹》,都是宋、元版书。我想开一开眼界,不知能看到吗?"掌柜的说:"柳家是俺们这儿大户人家,谁不知道!但这柳小惠柳大人早已去世,他们家少爷叫柳凤仪,也在朝廷当官。听说他家书多得很,都是用大板箱装着,只怕有好几百箱子呢,堆在个大楼上,也没人去问他。他家有个亲戚叫柳三爷,是个秀才,常到我们这里来坐坐。我问过他:'你们家里那些书是些什么宝贝?说给我们听听吧。'他说:'我也没有看过是什么样子。'我说：'就那么堆着难道不怕蛀虫吗？'"

掌柜的说到这，只见外面走进一个人来，拉了拉老残，说："赶紧回去吧，曹州府里来的差人，急等着您老回话呢，快点走吧。"老残听了，说道："你告诉他等着吧，我过一会就回去了。"那人说："我在街上找了好半天了。俺掌柜的着急得不得了，您老就早点回店吧。"老残说："不要紧的。你已找到了我，这就没你什么事了，你去吧。"

店小二去后，书店掌柜的看他走远了，慌忙低声向老残说："您老店里行李值多少钱？此地有靠得住的朋友吗？"老残说："我店里行李也不值多少钱，此地也没有靠得住的朋友。你问这话是什么意思？"掌柜的说："曹州府现在归玉大人管。这人可惹不起：无论您有理没理，只要他心里看您不顺眼，就上了站笼了。刚才既然是曹州府来的差人，恐怕不知是谁盯上您老了，我看是凶多吉少，不如赶快逃了吧。既然行李不值钱，就别取了，还是性命要紧！"老残说："不怕。他能拿我当强盗吗？这事我心里有数。"说着，点点头，出了店门。

街上迎面来了一辆小车，半边装行李，半边坐人。老残眼快，看见喊道："车上不是金二哥吗？"急忙走上前去。那车上人也跳下车来，定了定神，说道："哎呀！这不是铁二哥吗？你怎么来到这里了，来做什么呢？"老残把事情的原委说了一遍，就说："你也要吃饭吧，就到我住的店里去坐坐吧。你从哪里来？往哪里去？"那人说："都什么时候了啊！我吃过了，今天还要赶路呢。我是从河北来，回江南，因家里有点事情，着急回家，不能耽误了。"老残说："既然这样，我也不留您。只是请你稍坐一会，我要寄封信给刘大哥，托你带去。"说完，就在书店买了一支笔，几张纸，一个信封，借了店里的砚台，草草地写了一封信，交给金二。老残作了个揖，说："恕不远送了。山里朋友见着都替我问好。"金二接过信，便上车走了。老残也回店去了。不知那曹州府来的差人究竟是否捉拿老残，且听下回分解。

第八回

桃花山月下遇虎
风雪地夜宿山庄

话说老残听见店小二来报，说曹州府有差人来，心想很奇怪："难道玉贤竟拿我当强盗看吗？"立即赶回店里。那个差人看老残回来，赶上前来请了一个安，手中提了一个包袱，放在旁边椅子上，从怀里取出一封信来，双手呈上，说："申大老爷请铁老爷安！"老残接过信来一看，立即明白了。原来是申东造回到客店，店家将狐裘送上，东造心里非常难过，心想老残之所以不肯接受狐裘，一定是觉得与他身份不符，所以在衣服店铺里选了一身羊皮袍子马褂，派专人送来，还写明要再不收，便是太绝人情了。

老残看了，笑了一笑，向那差人说："你是府里的差人吗？"差人回答："是曹州府城武县里的。"老残于是明白，刚才是店小二忘记说"城武县"这三个字了。当时写了一封感谢信，赏了那差人二两银子做路费，打发回去后，又住了两天。这才知道柳家的书确实被锁在大箱子里了，不但外人见不着，就是他族中人，也难得一见。老残不禁闷闷不乐，长吁短叹了一会，也就睡了。暂且不提。

话说那一天，东造到府衙向玉贤辞行。俩人聊了一会，玉贤告诫东造治乱世要用重刑。东造敷衍了几句。玉贤端茶送出。东造回到店里,掌柜的恭恭敬敬将袍子和老残的信,递给东造。东造接过一看,心中闷闷不乐。恰好申子平在旁边,问道:"大哥为何不高兴?"东造便将送老残一件狐裘的事说给他听,末了还说:"你看,他临走时到底将这袍子留下了,未免太不近人情了!"子平说:"这事大哥也有点欠考虑。我看他不肯,有两层意思:一是他嫌这裘太名贵,不方便接受,二是他即便收了,也没有实际用处,绝没有穿狐皮袍子,配上棉马褂的道理。大哥既想以示感谢,最好叫人去选一套羊皮袍子马褂,或布面子,或茧绸面子都可以,派人送去,他一定肯收。我看此人并非虚伪做作之人。大哥您看呢?"东造说:"对,对,你这就叫人去做。"

子平于是选了件羊皮袍子马褂,派人送了过来,又开始帮他哥哥收拾行李。然后到县里要了车,带了不多的行李和随从就向平阴进发了。到了平阴,换了两部小车载着行李,自己在县里要了一匹马骑着,不过一早晨的工夫,已经到了桃花山脚下。想要进山,但马走不了。幸好山脚下有个村庄,有个能打地铺的小店,实在没法,只好暂时住下。向村里人家雇了一头小驴,将马也打发回去了。休息好后,又吃过饭,便向山里进发。他才出村庄,见面前一条沙河,有一里多宽,村民在河上架了一个板桥,也就几丈长。桥下河里虽结满了冰,但冰下还有水声,潺潺地流,听着像是环佩摇曳的意思,知道是水流带着小冰块,与那大冰块相撞击的声音了。过了沙河,即是东峪。原来这山从南面迤逦北来,中间龙脉起伏，一时虽看不到，只是这左右两条大峪，就是两批长岭，冈峦重沓，到此相交。除中峰不计外，左边一条大溪河，叫东峪，右边一条大溪河，叫西峪。两山谷里的水，在前面相会，并成一溪，左环右转，弯了三弯，才出溪口。出口后，就是刚才所过的那条沙河了。

　　子平进了山口，抬头看时，只见前面不远就是一片高山，像一架屏风似的，迎面竖起，土石相间，树木丛杂。大雪过后，石是青的，雪是白的，树上枝条是黄的，又有许多松柏是绿的，一丛一丛，如画上点的青苔一样。骑着驴，欣赏着山景，快乐得很，忽然想做两句诗，写写这个景。正在凝神，突然觉得脚下一软，身子一摇，竟滚下山涧去了。庆幸的是，虽然是在涧旁滚下去的，好在不是很深。况且涧里两边的雪本来很厚，只在面上结了一层薄冰。子平一路滚下，那薄冰一路破着，好像从有弹簧的褥子上滚下来似的。滚了几步，就有一块大石将他拦住，所以没受一点伤。子平连忙扶着石头，站起身来，才发现地上的雪有一尺多深。看那驴子在上面，两只前蹄已经立起，两只后蹄还陷在路旁雪里，动弹不得。连忙喊随从，前后一看，行李和车子，都没受多大损失。

　　看见众人没有受伤，行李也完好，子平一行重新上路。这路虽然不是羊肠小道，但走起来忽高忽低，石头路面下过了雪，异常的滑，自饭后一点钟起动身，走到四点钟，还没走出十里地。子平心里想："听村上的人说，到山间的集镇不过十五里地，但走了三个钟头，才走了一半。"冬天日照本来就短，况且又是在山里，两边都有山岭挡着，这天黑得更快了。

一面走着，一面盘算，不知不觉，天已黑下来了。子平勒住了驴缰，同众人商议道："眼看天黑下来了，大约还有六七里地呢，路又难走，这怎么办呢？"车夫说："没办法，好在今天阴历十三，月亮出得早，不管怎么着，总要赶到集上去。估计这荒郊野岭，不会有强盗，就算晚上赶路，也不会有事。"子平说："确实没有强盗，即便是有，我也没什么值钱的行李，他要拿就拿去，也不要紧，怕的是碰上豺狼虎豹。天晚了，要是真碰上一个，那可就坏了。"车夫说："这山里虎倒是不多，而且没听说伤人的，但狼倒是不少。听见狼的动静，我们都拿根棍子在手里，也就不用怕了。"

说着，走到一条山涧旁，原是山里的一支小瀑布，水从瀑布下来汇成小溪。瀑布冬天虽然干了，但冲出了一条两丈多深，约有二丈多宽的山沟。一边是陡山，一边是深谷，也无其他道路可绕。这时子平心里不禁慌起来，立刻勒住驴头，对众人说："可了不得！我们走岔了路，走到死路上了！"那车夫把车子停下，喘了两口气，说："不能，不能！我们一直顺着这条路走的，没碰上岔路口，不会错的。等我前去看看，该怎么走。"朝前走了几十步，回来说："路倒是有，只是不好走，您老下驴吧。"

子平下来，牵着驴，走到前面看看情况，原来转过大石，有人架了一条石桥。只是这桥只有两条石柱，每条不过一尺一二寸宽，石上又结了一层冰，滑溜溜的。子平说："可吓死我了！这桥怎么走人啊？稍一滑就没命了，我真没有这个胆子走！"车夫看了看，说："不要紧，我有法子。好在我们穿的都是蒲草毛窝,这是专门防滑的,没事的。"一个胆大的说道:"等我先走一趟试试。"就撺掇着走过去了,嘴里还喊着:"好走,好走!"立刻又走回来说:"人能过,但车子推不过去,我们四个人抬一辆,走两趟抬过去吧。"申子平说:"就是车子能抬过去,我也走不过去,况且还有那驴子呢?"车夫说:"不怕的,我们先把您老扶过去;别的您就不用管了。"子平说:"就是有人扶我,我也不敢。实话告诉你吧,我两条腿已经软了,哪里还能走路呢!"车夫说:"那俺们也有办法:您老躺着,我们两个人抬头,两个人抬脚,把您老抬过去,如何?"子平说:"不行,不行!"又一个车夫说:"我看这样吧,解根绳子,拴在您老腰里,我们伙计,一个在前头,牵着一头,一个伙计在后头,拉着绳子,这个样走,您老胆子一大,腿就不软了。"子平说:"也只好这样了。"于是就这样把子平搀扶了过去,随后又把两辆车子抬了过去。倒是那犟驴死不肯走,费了不少事,最后把它眼睛蒙上,一个人牵,一个人打,才弄了过去。等到大伙都过去了,已是月上树梢,月光已是撒了一地。

大家好不容易过了桥,歇了一歇,吃了袋烟,再往前进。走了不到三四十步,听得远处"呜呜"的两声。车夫喊:"虎叫!虎叫!"一边走着,一边留神听着。又走了数十步,车夫将车子停下,说:"老爷,您别骑驴了,下来吧。听那虎叫,从西边来,越叫越近了,恐怕要走到这路上来了,我们先避一避吧,要是到了跟前,再躲就来不及了。"说着,子平下了驴。车夫说:"咱们舍了这个驴子喂虎吧。"路旁有个小松树,他把驴子缰绳拴在小松树上,车子就放在驴子旁边,众人将子平藏在一处石壁缝里。有的车夫躲在大石脚下,用雪把身子盖住的,有两个车夫,爬上山坡旁的树枝上,眼睛都朝西面看着。

说时迟,那时快,只见月光下,从西边岭上,窜出一个东西来,到了岭上,又听"呜"的一声。只见那东西身子往下一探,已经窜到了西涧边了,又是"呜"的一声。这些人又冷又怕,身子不听使唤,一个劲儿地乱抖,大伙都用眼睛瞄着老虎。那虎到了西涧,并不朝驴子看,却对着这几个人,又"呜"的一声,将身子一缩,冲着这边扑过来了。这时候,山里本来无风,这时却听见树梢上呼呼地响,树上残叶刷刷地落,这几个人早已吓得魂飞魄散了。

大家等了许久,不见有什么动静。还是树上的车夫胆大,下来喊众人道:"出来吧!老虎走了。"其他人这才出来,大家从石头缝里把子平拉出,再看子平已经吓呆了。过了半晌,才开口说话,问道:"我们是死的还是活的呀?"车夫说:"虎已经跑了。"子平问:"虎怎么走的? 没人受伤么?"那在树上的车夫说:"我看它从涧西边过来的时候,'呼'的一窜,好像鸟儿似的,已经到了这边了,它落下的地方,比我们这树梢还高七八丈呢。落下之后,又是一纵,已经到东岭上边,'呜'的一声向东去了。"

申子平听了,这才放下心来,说:"我这两只脚还是稀软稀软,站不起来,这如何是好?"众人说:"您老不是站在这里了吗?"子平低头一看,才知道自己并不是坐着,也笑了,说道:"瞧我这身子真是不听使唤了。"于是众人搀着,勉强走了数十步,这才活动开,可以行动自如了。子平叹了一口气道:

"命虽没送在虎口里,但夜里要再碰见刚才那样的桥,说什么也不能过了! 肚子又饿,身上又冷,冻也冻死了。"说着,走到小树旁边,看那驴子,也是趴在地下,知道是被那虎吓成这样的。大伙把驴子拉起,把子平扶上驴子,慢慢地走。转过一个弯,忽然见前面一片灯光,看起来有许多房子,大家喊道:"好了,好了! 前面就是集镇了!"一听这声,人人精神振奋。走起路来脚下觉得轻了许多,就是那驴子也不像刚才那么畏畏缩缩的了。

片刻工夫,众人已到灯光之下。原来并不是个集镇,只是几户人家,住在这山坡之上。在山里离得远,因此看起来好像一大片灯光一样,众人一商量,天色已晚,不能再往前走了,只好硬着头皮去敲门借宿了。

走近一家,外面用虎皮石砌的墙,一个墙门,里面房子看来不少,大约有十几间的。于是车夫上前敲门。敲了几下,里面出来一位老人,白发苍苍,手里拿了一个烛台,点着一支白蜡烛,问道:"你们来做什么的?"申子平急上前去,和颜悦色地把原委说了一遍,说道:"明知这里并非客店,无奈天色已晚,大伙没法赶路,请您老行个方便吧。"那老翁点点头,说:"你等一下,我去问我们姑娘去。"说着,门也不关,便进里面去了。子平看了,心里十分奇怪:"难道这家人家没有主人吗? 何以去问姑娘,难道让个女孩儿当家吗?"既而想道:"错了,错了。这家一定是个老太太做主。这个老者想必是她的侄儿。所谓姑娘,就是他姑母吧。一定不会错了。"

申子平深山遇虎险丧命

不一会,只见那老者跟着了一个中年汉子出来,手中仍拿着烛台,说声"请客人里面坐"。原来这家,进了大门,就是五间房子,门在中间,门前台阶十余级。中年汉子手持烛台,给申子平照着路。子平吩咐车夫:"你们在院子里等着,我先进去看了情况,然后再叫你们。"

子平上了台阶,那老者站在堂中,说道:"叫下人从北面把车子推进来,把驴子也牵进来。"原来这是个朝西的大门。众人进了房,里面是三间大屋,两头各有一间,都带隔断。这屋子北边有个炕,南边空着,将车子同驴安置在南边,一行五人,安顿在炕上。然后老者问了子平名姓,说:"请客人里边坐。"于是子平随他过了穿堂。上了台阶有块平地,上面栽的都是花木,月光下看,异常秀美。且有一阵阵幽香飘过,叫人心神荡漾。北面是三间朝南的房屋,都是带回廊的。进了房,上面挂了竹子扎的四盏纸灯,十分灵巧。屋内桌椅几案,布置得极为精致,房间挂了一幅褐色布门帘。

老者到了房门口,喊了一声:"姑娘,那姓申的客人进来了。"只见门帘掀起,里面出来一个十八九岁的女子,穿了一身布服,蓝褂子,青布裙儿,相貌端庄大方,明媚娴雅,见客行了个礼。子平慌忙回礼。女子说:"请坐。"马上对老者说:"赶紧做饭,客人饿了。"老者退去。

那女子问道:"先生贵姓?为何来此啊?"子平便将"奉家兄之命拜访刘仁甫"的话说了一遍。那女子说:"刘先生当初就住这集东边,现在已搬到柏树峪去了。"子平问:"柏树峪在什么地方?"那女子说:"在集西,走三十多里就是了。那边比这边更偏僻,路更不好走了。家父前日值班回来,告诉我们说,今天有位远客来此,路上受了点惊吓,吩咐我们晚点睡,预备些酒饭,好款待客人,说:'若有怠慢之处,千万不要见怪。'"子平听了,惊讶之极:"荒山里面,又没衙门,有什么值班的?怎么前天就会知道呢?这女子怎会这样落落大方,却有一番古人的风范?我倒要仔细问个明白。"不知申子平能否弄清这女子来龙去脉,且听下回分解。

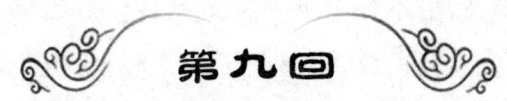

第九回

主客灯下论哲理
遇高人品茶谈心

　　话说申子平正在琢磨这女子举止大方,不像寻常家的女儿,她父亲是做什么的呢?正想问时,只见一个中年汉子从帘子外面进来,手里端着一盘饭。那女子说:"就搁在这西屋炕桌上吧。"这西屋靠南窗原是一个砖砌的暖炕,靠窗摆了一个长炕几,两头两个短炕几,当中一个正方炕桌,桌子三面可坐人。西面墙上是个大圆窗子,正中镶了一块玻璃,窗前摆了一张小桌。那汉子已将饭菜摆在炕桌之上,一看是一盘馒头,一壶酒,一罐小米稀饭,四碟小菜,也就是山野菜蔬之类,没一点荤腥。那女子说:"先生请用饭,我去去就来。"说着,便朝东房走去。

　　子平已经是又冷又饿了,上了火炕先喝两杯酒,随后又吃了几个馒头。虽是蔬菜,却也满口清香,味道比荤菜一点也不差。吃过馒头,喝了稀饭,那汉子舀了一盆水来,洗过脸,站起身来,在房内转了转,舒活舒活筋骨。抬头看见北墙上挂着四幅字,草书写得龙飞凤舞,下面落着两个款:上写着"西峰往史正非",下写着"黄龙子呈稿"。草字虽认不全,但也能猜个八九不离十。仔细看去,原来是六首七绝诗,写的都是些参禅悟道的哲理诗,细细读来,倒也有些意思。看那窗下,书案上有现成的纸笔,就把几首诗抄下来,准备带回衙门去。

子平将诗抄完,回头看那窗外,月色又清又白,映着那层层叠叠的山,真如仙境一般。此时路上的疲倦已经一扫而空,不妨出去上山散散步,岂不更妙。刚要抬脚,又想道:"这山不就是我们刚才来的那山吗?这月不就是刚才踏的那月吗?为什么来的时候,那样的阴冷惨淡,叫人心寒,此刻山与月不变,为什么人的心情却这么好呢?"看来王羲之所说的"情随境迁"真是不假。低头想了想,也想作两首诗,这时身后一个娇滴滴的声音飘过来:"用过饭了吧?多有怠慢。"慌忙转过头来,见那女子又换了一件淡绿印花布棉袄,青布大脚裤子,愈显得眉清目秀,眼如秋水;肤如凝脂,却又白里透出红,不像平常女子那样,把脸抹得跟猴子屁股一般;嘴角似笑又非笑,眉眼之间似有情又似无情,直叫人又爱又敬。女子说:"怎么不炕上坐,暖和些。"于是二人坐下。

先前的老者进来,问姑娘:"申老爷行李放在什么地方呢?"姑娘说:"老爷前日走的时候,吩咐让申老爷就睡在里间榻上,行李不用解了。随从都吃过饭了吗?他们早点歇了吧。驴子喂了没有?"老者一一答应,说:"一切都妥当了。"姑娘听了点点头,安排下人上茶。

子平听了二人谈话,慌忙说:"我一个凡夫俗子,怎敢在令尊这里睡?来时见前屋有一个大炕,我和他们睡一起吧。"女子说:"先生不必如此,这是家父吩咐的。不然,我一个山里女子,怎么敢私自留人住宿呢?"子平说:"承蒙款待,感激不尽。只是还不曾请教贵姓? 令尊大人在何处当差?"女子说:"我姓徐,家父在碧霞宫任职,五天值一班。半个月当差,半个月在家。"

子平问:"这墙上的诗是什么人作的? 怕是哪位名人吧?"女子说:"是家父的朋友,常来这里与家父闲谈,这是去年写的。这个人性情狂放,与家父最合得来。"子平又问:"这人究竟是僧还是道? 为何诗中既有道家的话,又有许多佛家的典故呢?"女子说:"这人既不是道士,又不是和尚。但这位先生儒佛道的书都读,他常说,儒佛道看起来是三个门派,其实道理讲的都差不多,可能是儒家的名气大些,佛家和道家看起来小些,所以这位黄龙子先生作诗也不拘一格,随便吟的。"

子平说:"听姑娘这么一说,在下真是佩服之至,只是,既然黄龙子先生认为三教骨子里都是一样,在下愚蠢得很,倒要请教儒佛道三家的异同究竟在哪里? 儒教最大,又大在什么地方?"女子说:"他们相同的地方在于都主张劝人为善,劝人大公无私。人人公正,那么天下太平;大家如果都自私,那么也就天下大乱了。说到公平,只有儒教真正做到公平。你看,孔子一生遇了多少反对者,孔子却反而赞扬他们。只是儒教失传已久,汉代儒生把儒教说的云山雾罩,净是些穿凿附会的;到了唐朝,竟没人提及。直到现在,也没能复兴了。"

子平听了,连连赞叹,说:"今日遇见姑娘,如遇见名师。宋儒有误解圣人意思之处,但它对人们起到的教导作用也是功不可没的。……"那女子嫣然一笑,秋波流转,向子平瞟了一眼。子平觉得翠眉传情,丹唇含娇,又好像一阵幽香,沁入心脾,不禁神魂飘荡。那女子伸出一只白如玉、软如棉的手来,隔着炕桌子,握着子平的手。握住了之后,说:"请问先生,此刻和你少年时候,在书房里老师握住你的手比,有什么不同呢?"子平无言以对。

女子又问:"凭良心说,你此刻爱我的心和爱你老师的心比,哪一个更多? 孔子说:'好德如好色。'孟子说:'食色,性也。'这好色乃人之本性。先生又何必自欺欺人!"

话音未落,老者送上茶来,是两个旧瓷茶碗,里面放淡绿色的茶,刚一放到桌上,香味便扑鼻而来。只见那女子接过茶来,漱了一回口,又漱一回,都吐向炕池之内去,笑道:"今日好端端地谈起道学,腐臭之气,玷污牙齿,此后只谈风月了。"子平连连称是,也端起茶碗,喝了一口,觉得清爽异常,咽下喉去,觉得一直清到胃里,那舌根左右,又香又甜,连喝两口,似乎那香气又从口中反窜到鼻子上去,说不出来的美妙,连忙问道:"这是什么茶叶? 味道这么好?"女子说:"也不是什么好茶叶,不过是山上产的野茶,所以味道醇厚。但这泡茶的水,采自东山顶上的泉水。越是高山上的泉水味道越好。再加上以松花作柴,沙瓶煎茶。三者合在一起,味道所以好了。先生吃的茶都是在外面买的自家种的茶叶,味道肯定不纯;再加上用的水和柴都不对,味道自然差些。"

正在这时,只听窗外有人喊道:"玙姑,今日有贵客,怎不招呼我一声?"女子闻声,连忙站起,说:"龙叔,怎么这时候来了?"说话间,只见那人已经进来,穿了一件深蓝布大棉袄,不戴帽子,也不穿马褂,五十来岁,满面红光,头发乌黑,见了子平,拱一拱手,说:"申先生,来了多时了?"子平说:"来了有一阵子了。请问先生贵姓?"那人说:"隐姓埋名,以黄龙子为号。"子平说:"幸会,幸会!刚拜读您的大作,久仰久仰。"女子说:"龙叔也上炕来坐吧。"黄龙子上炕,在炕桌里面坐下,说:"玙姑,你说过要请我吃笋。笋在何处?拿来我吃。"玙姑说:"前些天还想着要去挖呢,不巧,被滕六公挖去了。龙叔要吃,找滕六公要去吧。"黄龙子仰天大笑。子平问女子:"敢问姑娘,这'玙姑'二字想必是姑娘大名吧?"女子说:"我小名叫仲玙,姐姐叫伯潘,因此自小叔叔们就这么叫我了。"

黄龙子对子平说:"申先生困不困?要是不困,今夜良宵美景,可以晚点睡,明天晚点起来岂不更好。柏树峪这个地方,道路极险,很不好走,又碰上这场大雪,看不清路,掉下山谷便性命不保。刘仁甫今天晚上整理行囊,大约明日午时,到集上的关帝庙。你明天用过早饭动身,正好可以遇见他了。"子平听了大喜,说道:"今日遇见各位高人,子平三生有幸。请教高人,是生在唐朝还是宋朝?"黄龙子又大笑道:"怎么这么说呢?"子平答:"您的诗上写'回首沧桑五百年',可知您大概不止五六百岁了。"黄龙子笑道:"'尽信书,则不如无书。'这是我闲来无事写着玩的。先生不要当真。"说着举起茶杯,品尝起新茶。

玙姑见子平杯里的茶快要喝完了,就又为他斟满了。子平起身连连道:"不敢。"边喝边举起杯来细细打量。却听窗外远处"呜"的一声，感觉那窗纸微微地动了动，屋里的灰尘仿佛都落了下来。这才想起方才路上情形，不觉毛骨悚然，脸色剧变，黄龙子说："这是虎啸，不要紧的。山里人碰见了，就好像你们城里人看见骡马一样，知道骡马会踢人，但是不怕。因为在这里待久了，山里人熟悉老虎的性情，平常人躲着虎，虎也躲着人，因此老虎伤人也不是常有的事，不必怕。"

子平说："听这声音，离这还挺远，为何窗纸竟会震动，屋尘竟会下落呢?"黄龙子说："这就叫作虎威。因四面皆山，空气环聚，一声虎啸，四面皆应。在虎左右二三十里，皆是这样。虎若到了平原，就无这威势了。所以古人说：龙若离水，虎若离山，便要受人狎侮的。就像朝廷里做官的人，无论为了什么难，受了什么气，只是回家来对着老婆孩子发飙，在外边绝不敢发半句硬话，也是不敢离了那个官。同那虎不敢离山，龙不敢失水的道理，是一样的。"

子平连连点头，说："话虽不错。只是我还不明白，虎在山里，为何就有这么大的威势，是何道理呢?"黄龙子说："你没有念过《千字文》吗? 这就是'空谷传声，虚堂习听'的道理。虚堂就是个小空谷，空谷就是个大虚堂。你在这门外放个大爆竹，要响好半天呢。所以山里的雷声，比平地的响好几倍，也是这个道理。"说完，转过头来，对女子说："玙姑，我好久没听你弹琴了，今日难得有贵客在此，不妨弹上一曲，连我也沾光听一回。"玙姑说："龙叔，这又何苦! 我那琴弹得不好，怕惹人家笑话! 申先生在省城里，什么样的琴声没听过，怎么会喜欢听我们这些俗乐! 倒不如我把瑟取来，龙叔弹一曲瑟听听,还有点趣味。"黄龙子说:"也罢,也罢。那就我弹瑟,你弹琴吧,搬来搬去,太费事,不如就到你闺房里去弹吧。好在咱们山里女孩,不像城里的小姐,屋里是不准人进的。"说着便走下炕来,穿了鞋子,拿上蜡烛,对子平挥手说:"请里面去坐。玙姑引路。"

玙姑果然下了炕,拿着蜡烛在前面引路,子平第二,黄龙子第三。走过中堂,揭开了门帘,进到里间,是上下两个榻:上榻上有枕头被褥,下榻堆着书画。朝东一个窗户,窗下一张方桌。上榻面前有个小门。玙姑对子平说:"这就是家父的卧室。"走进旁边的小门,好像走过回廊似的,地下架空铺着木板。向北一转,又向东一转,朝北朝东都有玻璃窗。北窗看着离山很近,从窗外望去是一片峭壁,穿空而上,朝下看,深不见底。正要前行,只听"轰隆隆"几声,仿佛山崩地裂般地响,脚下阵阵颤动。子平吓得魂不附体。未知后事如何,且听下回分解。

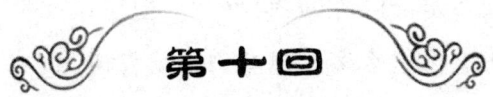

第十回
申子平深夜听琴
黄龙子暗点玄机

　　话说子平听见天崩地裂般的一声巨响，脚底下阵阵摇动，感觉那山要压倒下来，早吓得魂不附体。黄龙子在他身后说："不用怕，这是因为山上的冻雪被泉水融化，连冰带雪地滚下来一大块，所以有这么大的声音。"说着，身体转向了北面，是个洞门。这洞只有两间房那么大，有一面墙上有半截窗台，上面安着窗户；其他三面都是雪白色的墙，洞顶是圆的，像城门洞的样子。洞里陈设很简单，几张树根做的板凳，有大有小，磨得平整光滑。桌子清一色用天然古藤做成，不方不圆，就地取材。东面靠墙横放一张枯木做的单人床，床上有被褥和枕头。木床旁边是两三个黄竹箱子，应该是放衣服杂物之类的了。洞里没有蜡烛，北面墙里镶嵌了两颗滚圆的夜明珠，那夜明珠竟然有斗那么大，并且发着红光，十分耀眼。地上铺着又厚又软的地毯，踩上去还微微作响。床的北面是一个书架，放了许多书。两颗夜明珠之间挂了几件乐器，子平看着只认得其中有两张瑟，两张琴，其他的就不认得了。

　　玙姑走到洞里，把蜡烛吹灭，放在了窗台上。她刚坐下，便听见外面传来一阵阵的"呜呜"声,但窗纸并没有动。子平问:"这山里怎么这么多老虎?"玙姑笑着说:"乡下人进城,什么都不识得,常常被人家笑话。你城里人到乡下来,也是什么都不识得,恐怕乡下人也要嘲笑你了。"子平又问:"你听啊,外面的'呜呜'声,不是老虎在叫吗?"玙姑答:"这是狼嗥,虎怎么会叫那么多声呢? 虎的声音长,狼的声音短,所以虎叫被称为'啸',狼叫被称为'嗥'。古人传下的字眼是很有讲究的。"

黄龙子搬了两张小长桌,从墙上取下一张琴、一张瑟下来。玙姑拿了三张凳子,子平坐了一张。她和黄龙子调了调弦,然后各坐了一张凳子。弦调好后,玙姑与黄龙子商量了几句,就弹了起来,起初还是悠悠扬扬、慢条斯理。一段以后,两种琴声交错,逐渐清脆,两段以后,琴声渐渐快起来。乍听好像一琴一瑟各自为调,但仔细听来却好像两只鸟儿,一唱一和,有问有答。四五段以后,指法越弹越快,琴声也变得苍苍凉凉,声音铿锵,手指的力道越来越重,音调繁杂。六七八段以后,力道渐渐放轻,琴声也愈转愈清,曲调逐渐舒缓开来。

子平因为也会弹十几首琴曲,听得入迷,而且是第一次听到瑟的声音,所以格外入神。今天才知道弹奏瑟的关键也在左手,看他右手发声之后,左手配合,瑟的余音也就随着回荡起来,真是前所未闻。初听还在算计他的指法、曲调,过了一会只觉得有声音传来,却看不到指法。又过了一会,感觉自己的身体开始飘飘荡荡,像是浮沉在云霞之中。很久之后,竟然忘记了自己的身体,好似在梦境中一般。正在恍恍惚惚中,曲终弦静,人也清醒起来,子平站起身来说:"这首曲子太妙了!我也曾经学过两年琴,也见过许多高手。从前听过孙琴秋先生弹琴,有一首叫《汉宫秋》的曲子,在我看来已经超凡脱俗,很了不得。没想到今天听到的这首曲子,比孙先生的《汉宫秋》还要传神,请教这叫什么曲名?有谱没有?"玙姑说:"这曲子名叫《海水天风》,向来是没有谱的。这曲子不但世人没听过它,就是刚才我们弹琴的指法也是前人的古调,外人并不知道。你们都是一人弹一曲,如果两人同时弹奏这曲子,就会彼此呼应、合二为一。即使是三四个人同时弹奏,也是这样,实际是在同奏,而不是合奏。我们所弹的曲子,一个人弹与两个人弹,是截然不同的。一个人弹,叫'单曲';两个人弹,就是'合奏之曲'。我们所用的调子,相互呼应却不相同。圣人所说的'君子和而不同',就是这个道理。而'和'这个字,一直被后人所误解。"

这时玙姑站起身来,打开西面的小门,对里面大声喊了几句,但听不清楚喊些什么。黄龙子起身把琴瑟挂回了墙上。子平也站了起来,想看看那夜明珠到底是什么样子,回去好在别人面前炫耀一番。走到跟前,伸手一摸,发现那夜明珠热得发烫,他心存疑惑,便想:这是怎么回事呢?看到黄龙子已将琴瑟挂好,便问:"先生,这是什么?"黄龙子笑着说:"这是骊龙的珠子,你不认得吗?"子平问:"骊龙的珠子怎么会发烫呢?"黄龙子回答说:"这是火龙吐出来的珠子,当然是热的了。"子平问:"火龙珠怎么能有一样大小的一对呢?虽说是火龙吐出来的,难道永远都这么热的吗?"黄龙子笑答:"我说的这话,你还不相信吗?既然不信,那我就给你讲讲这发烫的道理。"说着,便拨开了夜明珠旁边的小铜鼻子,那珠子就像一扇门似的张开来了。原来那只是个珍珠的外壳,里面是很深的油池,中间是棉花线卷成的灯芯,外面是千层纸做的灯筒,上面有个小烟囱,烟壁上头有许多黑烟,跟洋灯的道理一样,但没有洋灯精致,所以才有黑烟在上面。再看那珍珠的外壳,原来是用大螺蚌壳磨出来的,所以也没有洋灯光亮。子平说:"既然如此,为什么不直接买个洋灯来,多省事呢?"黄龙子说:"这山里哪有卖洋货的啊?这油也是山里自产的,与你们点的洋油一样。只是我们不会做洋灯,又嫌这灯油的油烟太重,也不够亮,所以把它嵌在墙壁里头。"说着便将珠壳关好了,看上去依旧是两个夜明珠。

子平又问:"这地毯是什么做的呢?"黄龙子答道:"是用一种俗名叫作'蓑草'的东西做的。因为可以用来做蓑衣,因而得名。在蓑草半枯时,采来晾干,再劈成细丝,和麻布混着编成地毯。这可是玙姑的手艺。因为山里的地比较潮湿,所以先用云母铺在地上,再铺上蓑毯,人就不容易得病了。就连这墙壁也是用云母粉和着红色胶泥刷的,既可防潮湿,又避寒气,比你们用的石灰还好呢。"

子平又看见墙上挂着一样东西,像弹棉花的弓,却安了无数的弦,猜测一定是件乐器,就问:"这个叫什么名字?"黄龙子说:"名叫'箜篌'。"子平用手去拨弄琴弦,却弄不出声音,便问:"我们小时读的诗里,就有叫作《箜篌引》的,原来就是这样的。请先生弹两声，让我见识一下，可以吗？"黄龙子说："一个人弹，弹不出韵味。我找个时间，再请一个人来，一起弹奏才好听。"黄龙子走到窗前，看了看月光，说："还没到亥时，桑家姐妹应该还没睡吧，我去请请看。"便对玙姑说："申先生想听箜篌，不知道桑家阿扈能不能来？"玙姑说："等下人来送茶的时候，我叫他过去问问。"三人又都坐了下来。这时下人捧着一个小红泥炉子和一个水瓶子，一个小茶壶，几个小茶杯进来了，把茶具放了在矮脚茶几上。玙姑说："你去桑家一趟，看能不能请扈姑、胜姑过来一趟？"下人答应着出去了。

三个人都在靠窗的梅花几旁坐着。子平靠窗台最近，玙姑端茶给黄龙子和子平，大家静静地喝茶。子平发现窗台上有几本书，伸手拿了过来，最上面的一本，书面上题了四个大字——"此中人语"。翻开书，有诗歌，也有散文，但属句子长短不一的歌谣最多，而且都是手写的，字迹很工整。他看了几首诗，都没太读懂。无意看到其中一本，里面有张书签，写着四首四言诗，很想把它抄下来，就对玙姑说："这几首诗我想抄下来，可以吗？"玙姑拿过去看了看，说："你喜欢的话，就拿去吧。"

子平接过来，仔细地看了起来，上写着：

《银鼠谚》

东山乳虎，迎门当户；明年食麋，悲生齐鲁。一解

残骸狼藉，乳虎乏食；飞腾上天，立豕当国。二解

乳虎斑斑，雄据西山；亚当孙子，横被摧残。三解

四邻震怒,天眷西顾;毙豕殪虎,黎民安堵。四解

子平看了又看,说:"这首诗好像是古时候唱的歌谣,这里面肯定大有来头,能否给我讲讲呢?"黄龙子说:"既然叫作'此中人语',就是不能'说给外人听'的了。您略等几年就知晓了。"玙姑说:"'乳虎'就是你们玉太尊玉贤大人,其余你慢慢地琢磨,都能猜得到的。"子平好似领会,也不再多问了。

这时远远地有笑声传过来。不一会儿,就听见"咯噔咯噔"的脚步走近,很快便到了面前。下人先走了进来,说:"桑家姑娘来了。"黄龙子、玙姑立刻上前去迎接。子平也站了起来。走在前面的是一个二十岁上下的年轻姑娘,上身穿紫地儿黄花袄子,下身着燕尾青的裙子,头上倒梳云髻,挽了个坠马妆;后面的一个约有十三四岁,身穿翠蓝袄子,红地儿白花的裤子,头上正中挽了髻子,插了个茨菇叶子似的一枝翠花,走起路来一颤一颤,煞是好看。她们进了屋,坐了下来。

玙姑先介绍说:"这是城武县申老伯的弟弟,今夜到不了集镇,在这借宿一宿,刚好龙叔也来了,彼此很谈得来,申先生想听箜篌,所以有劳两位亲驾。扰了你们休息,十分抱歉!"两人异口同声地说:"哪里,哪里。只是乡下人乱弹的曲子罢了,上不了大雅之堂。"黄龙子说:"你们就不必谦虚了。"然后玙姑指着年长穿紫衣服的,对子平说:"这位是扈姑姐姐。"又指着年幼穿翠衣的说:"这位是胜姑妹妹。都是近邻,经常来往。"子平说了几句客气的套话,然后定睛看了看扈姑,圆脸长眉,眼如银杏,两颊一边一个酒窝,唇红齿白,艳丽中不乏一股英俊之气,而胜姑秀丽俊俏,眉目清爽。下人进

来,将茶壶倒满,将茶瓶灌满清水,就退了下去。玙姑取了两个茶杯,给大家倒了茶。黄龙子说:"天已不早了,开始吧。"

于是玙姑取了箜篌,递给扈姑,扈姑不肯接,说:"我弹箜篌没有妹妹弹得好。我带了一支角来,胜妹也带了铃来,还是让玙姑弹箜篌,我吹角,胜妹摇铃,这样不是更好?"黄龙子说:"好,好。就这么办吧。"扈姑又说:"那龙叔做什么呢?"黄龙子说:"我只管听。"扈姑说:"不害臊,谁稀罕你听!都说龙吟虎啸,那你就吟吧。"黄龙子说:"水里的龙才会吟呢。我是个田里的龙,只会潜不会吟。"玙姑说:"有办法了。"一边把箜篌放下,一边跑到茶几旁边,拿了一个磬,放在黄龙子面前,说:"你就在一旁击磬,帮我们打节拍吧。"

这时扈姑从衣袋中取出一支角来,那角光彩夺目,像玉一样。扈姑拿在手里缓缓地吹起来。原来这角上面有个吹孔,旁边有六七个小孔,手指按在不同的孔上,就能吹出不同的音调,不像是巡街兵吹的海螺那样,只是"呜呜"地响个不停。那角声,吹得抑扬顿挫,呜呜地,听来感觉很悲壮。这时玙姑已将箜篌放在膝上,调好弦,听着那角声的节奏。胜姑将小铃取出,左手按着四个,右手按着三个,凝神看着扈姑。只见扈姑的第一段角声要结束了,胜姑便将两手七个铃同时举起,丁零零地一阵乱摇。铃声响起,玙姑便弹起箜篌,声音苍苍凉凉。铃声不响时,箜篌声叮咚断续,与角声相和,如狂风卷沙,震得屋顶瓦片直摇。胜姑那七个铃此时不一起都响,铃声错落不齐。

这时只见黄龙子仰起头,吹起口哨,与三人相和。此时,篌声,角声,弦声,铃声,已经分辨不清了。不时地听到风声,水声,人喊马蹄声,旌旗摇摆声,干戈相击声,击鼓呐喊声。过了半个时辰,黄龙子举起磬击了起来,在磬上铿铿锵锵地乱击,音律相协。其时箜篌声渐弱,角声渐低,只剩下磬的声音,铮铮地不停地响着。不多时,胜姑站起来,两手笔直,又使劲地摇着玲,此时乐声停止。子平连忙站起身来拱手说:"真是有劳各位了,感激不尽。"众人回道:"见笑了。"子平说:"请问这曲叫什么名字,怎么会有战场上杀敌的声音?"黄龙子说:"这曲叫《枯桑引》,又名《胡马嘶风曲》,是军队里的曲子。箜篌里面所演奏的,大多是凄清悲壮的场景,其中的高潮部分,催人泪下。"

就在谈话的工夫,大家各自把乐器放回了原位,然后又坐下了。扈姑对玙姑说:"潘姐怎么好些天没回来了?"玙姑答道:"大姐的孩子身体不好,已经病了两个多月了,所以一直没回来。"胜姑说:"你小外甥得的什么病? 怎么不赶紧治呢?"玙姑答道:"是啊。小孩子淘气,治好了,他又乱吃东西,所以复发,已经复发两次了。一直在治呢!"之后聊了许多家常话,便起身告辞了。子平也站起来,对黄龙子说:"我们也回去坐吧,此时恐怕已经是凌晨了,玙姑娘也要睡了。"

说着,众人一同向回廊走去。窗上的月光也退去了,只剩窗外峭壁,上半截雪白闪亮,下半截已经乌黑,此时月亮已经爬上西山了。一直走到了东房,玙姑说:"二位先在这坐一会儿,我送扈、胜姐妹出去。"到了厅堂,扈、胜俩人便说:"不用送了,我们带了个苍头来,就在前面。"又听见她们嘟嘟囔嚷地好一会儿,玙姑才回来。黄龙子说:"你也回去吧,我还想再坐一会。"玙姑便告辞,说:"申先生就在这床榻上睡吧,我先回去了。"

玙姑走后,黄龙子说:"刘仁甫是个好人,但他的缺点就是性子太直了,如果隐居在山林里还好一些,要是在官场上就不好说了。你们的缘分可能会有一年多吧。一年之后,恐怕局面就要改变了。"子平问:"一年之后会是什么样子?"黄龙子说:"小有变动。五年之后,会小有风波,十年之后,局面就大不一样了。"子平问:"到底是好是坏呢?"黄龙子说:"当然是坏了。但坏就是好,好也是坏,没有坏就没有好,没有好也不会有坏。"子平说:"这话我可听不懂了。好就是好,坏就是坏。像先生这么说,不就是好坏不分了吗? 能不能具体说说。我常听人家读佛经,说什么'色即是空,空即是色'这些没有道理的话,常把我弄得头昏脑涨。今天遇到先生,以为如拨开云雾见了天,不想又说出这套道理,叫人摸不着头脑。"

黄龙子说:"那我问你:像月亮,十五的时候全明了,三十又全暗了,上弦下弦就半阴半明了,那初三四的月亮就像个月牙,请问它怎么就会慢慢地长满了呢? 十五以后怎么又会慢慢地消失了呢?"子平回答说:"这个道理很简单:因为月亮本身是不发光的,它折射了太阳发出的光,所以朝向太阳的半球是明的,背向太阳的半球是暗的,初三四,月亮斜对着太阳,所以人眼看见的就是三分明,七分暗,就像牙儿一样的形状。其实,月亮并没有改变,只是半个明,半个暗而已,所谓阴晴圆缺，都是人眼睛看到的景象，实际上跟月亮没什么关系。"

黄龙子说："你既然明白这个道理，就应该知道好就是坏，坏也是好，就跟月亮的明暗是一个道理。"子平说："这两个道理不一样啊。月亮虽不会真的圆了又缺，但却是有明有暗的。因它总是半个明，半个暗，所以明的半边对着人时，人就说月圆了，暗的半边对着人时，人就说月黑了。初八、初三，人正对它侧面，所以觉得半明半暗，就叫作上弦、下弦。因为人们看的位置不同，所以就有了盈亏圆缺这一说。要是在二十八九，月亮全黑的时候，人要是飞到月球上去看，那月亮还是亮的。这就是明暗的道理，我们都知道。但月亮毕竟有时候半个明，半个暗的，这是不变的道理。半个明的毕竟是明，半个暗的终究是暗的。要说暗即是明，明即是暗，道理总讲不通。"

说得正兴起，忽然听见背后有人说："申先生，你错了。"此人到底是谁，且听下回分解。

子平与玙姑、黄龙子促膝谈心

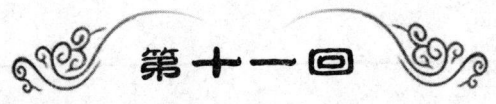

第十一回
曲径通幽入桃源
遇仁甫终绝盗宄

上回说到申子平正在跟黄龙子辩论，忽然听到后面有人喊："申先生，你错了。"这俩人回头一看，来的正是玙姑。她已换了一身衣服：穿了一件花布小袄，小脚裤子，露出一双六寸金莲，脚踩一双灵芝头绣鞋，显得更加聪明俊俏了。她那双大眼睛，黑白分明，里面像装着水似的。申子平连忙站了起来，说："玙姑还没睡呢？"玙姑答道："本来要睡了，听你们在辩论，也过来听听，好长点学问。"子平说："哪敢叫作辩论呢！我生性愚笨，有些问题想不通，所以请黄龙子先生给点拨点拨。刚才您说我错了，是为什么呢？"

玙姑说："你不是不明白，而是没有深想。大多数人都是听别人说什么，就信什么，这样就不能显示出自己的智慧了。你刚才说月亮半个是明的，就永远是明的了。那你想想月亮在天上，是动的呢，还是不动的呢？月亮绕着地球转是人人都知道的。既然知道它绕着地球转，那它就不可能不动的。既然这样，那为什么对着太阳的一面永远是亮的呢？可见整个月亮的外表是一样的，无论它转到哪一面，凡是对着太阳的那面就总是亮的，所以无论它是明是暗，对于月亮本身来说,既不多什么,也不少什么。这道理本来很简单,都是被宋朝以后的人怀着自欺欺人的心态去做注释,把原意都给扭曲了。凡事都有一定之规,正所谓没有生就没有死,没有死就没有生,生就是死的开始,死就是生的结束。有谁能逃得过去呢?"

申子平说:"刚才说的月亮明暗的道理,我本来就不太明白,姑娘这么一说,我更糊涂了。先生能不能给我解释一下什么是五年之后风潮渐起,十年之后就大不同?"

那黄龙子便接着给子平解释了所谓的"转势甲子说",其中不乏一些家国大事、风云变幻的事情。黄龙子说到这里,又激起了二人的兴趣,于是三人继续交谈起来,从日月星辰,谈到了治国之道,从治国之道谈到了人生哲理、奇门遁甲,甚至连太平天国、义和团运动都谈到了。大家各抒己见,好不畅快。众人兴趣正浓,还想再谈,这时只听见窗外公鸡已经"喔喔"地打鸣了,玙姑说:"天不早了,真得睡了。"又向各位说了一声"晚安",便推开角门走了进去。黄龙子从对面的床上拿了几本书当枕头,身子一倒,就打起了呼噜。申子平把这一宿谈的话又仔细地回味了一番,才去睡觉。

申子平一觉醒来,已是日上三竿了,赶忙起了床。此时黄龙子已经走了。老者送来热水洗脸,一会又送来了早饭。子平说:"不用费心,替我向姑娘道谢,我还要赶路呢。"正说着,玙姑已走了进来,对子平说:"昨日龙叔不是说了吗,即使去早了也没用,刘仁甫中午时候才能到关帝庙呢,吃完了饭再去也不迟。"

　　子平听了,觉得有理,就吃了饭,又坐了一会,然后与玛姑告别,直奔山集上。看那集上,人山人海。店面虽不多,两边摆地摊、卖农家器具及乡下日用器皿的却不少。问了当地人,才找到关帝庙。刘仁甫此时已到,两人寒暄了几句,子平便将老残书信取出。

　　仁甫接了书信,说:"我是个粗人,不懂衙门里的规矩,又没什么才干,恐怕有负你哥哥的重托,叫他失望啊,还是不去的好。后来又收到金二哥捎来铁哥的信,说一定要去。请二位代我辞谢。不是我偷懒,也不是装模作样拿把式,实在是无法胜任,怕误了你们的大事,请务必原谅。"子平说:"先生不必过谦。家兄恐别人请不动先生,所以叫小弟专程来请您的。"

　　刘仁甫见推脱不掉,只好做好了安排,同申子平回到城武。申东造果然把刘仁甫当作上宾来款待,日常一切均照老残所嘱咐的办理。刚开始偶尔还有一两起抢劫案,一月之后,盗贼全无,夜里竟然连犬吠声都听不到了。

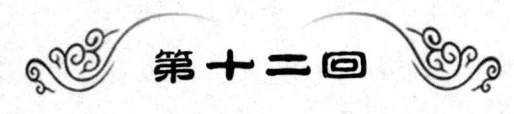

第十二回
寒风冻塞黄河水
酒色温暖故人心

　　话说老残从东昌府出来，打算回到省城去。一天，老残走到齐河县城南门寻找旅店，看到街上家家客店都是满的，心里很诧异，想："从来此地都没有这么热闹过。这是怎么回事呢？"正在想的时候，只见门外进来一人，口中喊道："好了，好了！快打通了！大约明日一早就可以过去了！"老残没时间细问，赶忙找了家店，问："有空房没有？"店家说："都住满了，请到别家去吧。"老残说："我已走了两家，都没有空房了，能不能再给我想想办法？"店家说："这里真的没有了。东面那店里，午后走了一帮客人，你赶紧去问问，或许那里还没住满。"

　　老残赶忙来到东边店里，问了店家，果然还有两间屋子空着，当即搬了行李进去。店小二跑来打了洗脸水，拿了一炷燃着了的线香放在桌上，说："客人抽烟。"老残问："这儿怎么这么热闹？各家店都住满了。"店小二说："这里刮了几天的大北风，打从大前天起，河里就淌冰凌，凌块子有一间屋子那么大，船不敢过河，怕碰上冰凌，船就要坏了。一直到昨天,上游的冰凌冻住了,这下游底下才能走船呢,不想停在河岸的几只渡船又都冻在河边,冻得死死的。昨天晚上,东昌府李大人到了,要见抚台回话,走到这里,过不去,住在县衙门里,急得要命,这才派了河夫、地保破冰取船。今儿打了一天,估计可以通了,但夜里还不能停下,要是停下,还得冻上。您老看,客店里都满着,全是过不了河的人。我们店里今早还是满满的。因为有一帮客,内中有个年老的,在河沿上看了半天,说是'冰是打不开的了,不必在这里死等,我们赶到雒口,看有法子想没有,到那里再打主意吧。'中午的时候才离开的,您老运气真好,不然,真没有屋子住。"店小二将话说完,也就去了。

老残洗完了脸,把行李铺好后,锁上房门,也出来到河堤上溜达,见那黄河从西南方向流过,到这个地方正好是个大弯子,从这又向正东去了,河面也不是很宽,两岸相距不到二里。要说这河倒也不宽,离对岸也不过百十来丈长,只是河里漂过来的冰,一块叠着一块,高出水面有七八寸厚。老残又往上游走了一二百步,只见那上游的冰,正一块块地慢慢漂过来,漂到此地,被之前冻住的冰拦住,又堆在一起。那后漂来的冰碰上这堆着的冰,只挤得"吱吱"作响。后面冰被这河水挤得紧了,又窜到前冰上面去;前冰被压,就渐渐沉下去了。眼看那河不过百十丈宽,中间没冻住的大约不过二三十丈,两边原来都是河水,现在早已结满了冰,冰面本来是平的,被吹来的尘土盖住,却像沙滩一样。中间没冻住的河水,仍然奔腾咆哮着,有声有势,把漂不过去的冰挤到两边。那两边冻住的冰,被当中乱冰挤破了,往岸上跑,那冰能挤到岸上有五六尺远。许多碎冰被挤得站起来,像个屏风似的立在河边上。看了有个把钟头,这一截子的冰又挤死不动了。老残又往下游走去,过了原来的地方,再往下走,看见两只船。船上有十来个人都拿着木杵凿冰,一会往前凿,一会又往后凿。河的对岸,也有两只船,也是这么凿。老残看看天色渐渐暗了,打算回店。再看那堤上的柳树,一棵一棵的影子,都已照在地下,一丝一丝地摇动,原来不知什么时候月亮已经上了柳梢了。

老残回到了店里,吃过了晚饭,又回到堤上溜达。这时西北风已经停了,哪知道气温却开始下降,寒气逼人,比刮风还厉害。幸亏老残早已换上申东造送的羊皮袍子,感觉不是很冷,还支持得住。只见那打冰船还在那里打。每个船上点了一个小灯笼,远远看去,仿佛一面是"正堂"二字,一面是"齐河县"三字。抬起头来,看那南面的山,一条雪白,映着月光分外好看。一层一层的山岭,却不大分辨得出,又有几片白云夹在里面,所以看不出是云是山。定神去看,才分辨出哪是云、哪是山来。虽然云也是白的,山也是白的,云也有亮光,山也有亮光,只因为月在云上,云在月下,所以云的亮光是从背面透过来的。那山却不然,山上的亮光是由月光照到山上,被那山上的雪反射过来的,所以光是两个样子的。但也只有稍近的地方这样子。那山往东去,越望越远,渐渐的天也是白的，山也是白的，云也是白的，就分辨不出什么来了。

　　老残对着雪月交辉的景致，想起谢灵运的诗"明月照积雪，北风劲且哀"。若非经历北方苦寒景象，哪里知道"北风劲且哀"的"哀"字用得好呢？这时月光照得地上一片雪亮，抬起头来，天上的星星，一个也看不见，只有天边的北斗七星，一闪一闪地发着光，像几个淡白点子一样，还看得清楚。那北斗正斜倚在紫微垣的西边上面，构在上，魁在下。心里想："岁月如流，眼看这一年又要过去了，人又要添一岁。一年一年的这样瞎混下去，如何是好呢？"又想到《诗经》上说的"维北有斗，不可以挹酒浆"，现在国家正当多事之秋，那王公大臣只是一味地怕自己担责任，多一事不如少一事，弄得百事俱废，将来又是怎样个结局，国事如此，大丈夫何以为家！想到这里，不觉滴下泪来，也就无心观玩景致，慢慢回店去了。一面走着，觉得脸上有东西似的，用手一摸，原来两边挂着两条光滑的冰。初起不懂什么缘故，既而想起，自己也就笑了，原来就是刚才流下的泪，天寒，立刻就冻住了，地下必定还有好多冰珠子呢。闷闷地回到店里，也就睡了。

　　第二天一大早，老残又到堤上去看，见那两只打冰船在河边上已经冻住了。问了堤旁的人，知道昨儿打了半夜，往前打去，后面冻上；往后打去，前面冻上。所以今儿歇手不打了，等冰冻结实了，从冰上过吧。因此老残也就只有这个法子了。闲着无聊,到城里散了散步,看见只是在大街上有几家店面,其余小道上,房屋都不是很多,好个荒凉破落的景象!因北方大都如此,所以看多了也不觉怎样。回到房中,打开书筐,随手取本书看,发现是一本《八代诗选》,记得是在省城里替一个湖南人治好了病,送了这本书感谢自己的,省城里忙,没来得及细看,随手就收在书箱子里了,趁今天无事,不如拿出来仔细看一遍。原来是二十卷书:头两卷是四言,卷三至十一是五言,十二至十四是新体诗,十五至十七是杂言,十八是乐章,十九是歌谣,卷二十是杂著。再把那细目翻来看看,见新体里选了谢朓二十八首,沈约十四首,古体里选了谢朓五十四首,沈约三十六首,心里很不明白,就把那第十卷与第十二卷同取出来对着看,却怎么也看不出新体古体的区别来。心里又想:"这诗是王闿运选的,此人负有盛名,而《湘军志》一书做得确实是好,这也是有目共睹的,为什么这本诗选出的叫人看着提不起精神呢?"回头一想:"古人既然这么选了,一定有古人的道理。管他怎么样呢,我们后人读诗也就是闲来无事,吟咏几首解闷、消愁罢了。"

读了半天书,又到店门口闲看。站了一会,刚要回去,见一个戴红缨帽子的仆人模样的人,走近面前,打了一个千儿,说:"铁老爷,几时来的?"老残说:"我昨日到的。"嘴里说着,心里只想不起这是谁家的下人。那下人见老残愣着,知道是认不得了,便笑着说:"小的叫黄升。我家主人是黄应图黄大老爷。"老残说:"哦!是了,是了。我这记性,真坏!我常到你们公馆里去,怎么就不认得你了呢!"黄升说:"您老'贵人多忘事'罢了。"老残笑了笑,说:"人虽不贵,好忘事倒是真的。你家主人是几时来的,住在什么地方呢?我也正闷得慌,找他聊天去。"黄升说:"主人受总办庄大人委托,在这齐河上下买八百万料。现在料也买齐全了,验收专员也验收过了,正打算回省城交差呢,刚刚这河又冻上了,还得等两天才能走呢。您老也住在这店里吗?在哪屋里?"老残用手向西指了指,说:"就在这西屋里。"黄升说:"我家主人就住在上房北屋里,前儿晚上才到。前些时候都在工地上,因为验收专员走了,才住到这儿的。刚才是到县里吃午饭,吃过了,被李大人请去说闲话,晚饭还不定回不回来吃呢。"老残点点头,黄升也就去了。

要说这黄应图,号人瑞,三十多岁年纪,是江西人。他的哥哥由翰林升了御史,与军机大臣达拉密交情很好,所以花钱得了这个差事,在山东一带当差。有军机做靠山,所以抚台格外照顾,又有人上奏保举他,转眼就要做知府大人了。这人倒也不寻常,在省城时,与老残也多有来往,所以认得。

老残又在店门口站了一会,回到房中,也就差不多黄昏的时候了。到房里又看了半本诗,天稍微暗了下来。老残刚点上蜡烛,只听房门口有人进来,嘴里喊道:"补翁,补翁!久违得很了!"老残慌忙站了起来,一看正是黄人瑞。彼此行过了礼,俩人坐下,各自谈了些别后的事。

老残客栈巧遇黄人瑞

黄人瑞说:"补翁还没有用过晚饭吧?我那里虽然有人送了个一品锅,几个碟子,恐怕不中吃,倒是早上我叫厨子用口蘑炖了一只肥鸡,还可以凑合着吃点,请你到我屋子里去吃饭吧。古人云:'最难风雨故人来。'这被困住的无聊,比风雨还难受,好友相逢,这就不寂寞了。"老残说:"好极了,既有佳肴,你不请我,我也要来吃的。"人瑞看桌上放着书,顺手拿起来一看,是《八代诗选》,说:"这诗总还算选得好的。"也随便看了几首,丢下来说:"我们到那屋里坐吧。"

于是老残把书理了一理,拿把锁把房门锁上,就随着人瑞到上房里来。一看是三间屋子:一个里间,两个明间。堂屋门上挂了一个大呢夹板门帘,中间放着一张八仙桌,桌子上铺了一张漆布。人瑞问:"饭好了没有?"下人说:"还须略等一刻,鸡还没烂。"人瑞说:"先拿几碟菜来吃酒吧。"

下人应声出去,不多时回来,将桌子架开,摆了四双筷子,四只酒杯。老残问:"还有哪两位?"人瑞说:"过一会儿你就知道了。"杯筷安置妥当,只有两张椅子,下人又出去寻椅子。人瑞说:"我们炕上坐坐吧。"明间西首本有一个土炕,炕上铺了芦席。炕的中间,人瑞铺了一张大老虎绒毯,毯子上放了一个烟盘子,烟盘两旁两条大狼皮褥子,当中点着明晃晃的一个太谷灯。

为什么叫作"太谷灯"呢?因为山西财主最多,却又人人爱抽烟,所以山西的烟具比别省都精致。太谷是个县名,这里出的灯,样式好,火力足,光照又好,五大洲数第一。可惜产在中国，要是产在欧美各国，这第一个做灯的，各大报纸都要大肆宣传，说不定国家还要给他个专利呢。可惜他们是在中国，所以太谷这第一个造灯的人，同那寿州第一个造斗的人，虽能让自己造的东西名满天下，但自己却没有什么名声。

闲话少说。那烟盘里摆了几个景泰蓝的匣子，两支广竹烟枪，两边两个枕头。人瑞让老残坐在首座，他就随手躺下，拿了一支烟签子，挑些大烟来烧，说："补翁，你不抽点吗？其实这东西，要是上瘾了抽得荒废学业、倾家荡产的，自然是不好，要是不上瘾，随便消遣消遣，倒也不错，你何必这么拒绝呢？"老残说："我抽大烟的朋友很多，因为想上瘾才抽的，一个也没有，都是想着消遣消遣，就陷进去了，最终上瘾，不但不能消遣，反成了个废物。我看您老哥，也还是不消遣为是。"人瑞说："我自有分寸，肯定不会到那个样子。"

说着，只见门帘一响，进来了两个妓女：前头一个有十七八岁，鸭蛋脸儿，后头一个有十五六岁，瓜子脸儿。进门后，朝炕上请了两个安。人瑞说："你们来了。"朝里指说："这位铁老爷，是我省里的朋友。翠环，你就伺候铁老爷，坐在那边吧。"只见那个十七八岁的就挨着人瑞在炕沿上坐下了。那十五六岁的，仍是站着，不好意思坐。老残就脱了鞋子，挪到炕里边盘腿坐了，让她好坐。她就侧着身，贴边坐下了。

老残对人瑞说："我听说此地没有这个的，现在怎么也有了？"人瑞说："的确，此地还是没有。她们姐儿两个，本来是平原二十里铺做生意的。她爹妈就是这城里的人，她妈和她姐儿俩在二十里铺住。前月她爹死了，她妈回来，因为害怕她们跑了，所以带回来的。这是我闷极无聊，把她们找来的。这个叫翠花，你那边的那个叫翠环，都是雪白的皮肤，很可爱的。你瞧她的手呢，包管你合意。"老残笑道："不用瞧，你说的还会错吗？"

翠花靠着人瑞对翠环说："你烧口烟给铁老爷抽。"人瑞说："铁爷不抽烟，你叫她烧给我抽吧。"就把烟签子递给翠环。翠环弯着腰烧了一口，放在烟斗上，递过去。人瑞"呼呼"地抽起来。翠环再烧时，那下人把小菜、一品锅都已摆好，说："请老爷们用酒吧。"

人瑞站起身来说："喝一杯吧，今天天气很冷。"于是让老残坐在上座，自己对坐，让翠环和翠花坐在两边。翠花拿过酒壶，给每个人的酒杯中斟满了酒，放下酒壶，举起筷子来给老残夹菜。老残说："多谢姑娘，请停手吧，不用夹了。我们不是新娘子，自己会吃的。"接着又给黄人瑞夹菜。人瑞也给翠环夹了一筷子菜。翠环慌忙站起身来说："您老停吧，我自己来。"又替翠花夹了一筷子。翠花说："我自己来吃吧。"就用勺子接了过来，递到嘴里，吃了一点，就放下来了。人瑞再三让翠环吃菜，翠环只是答应，却不见动手。

人瑞忽然想起，把桌子一拍，说："是了，是了！"于是扯着嗓子喊了一声："来人啊！"只见门帘外走进一个下人来，离席六七尺远，停住脚，人瑞点点头，叫他走进一步，在他耳边低低说了两句话。只见那家人连声说："是，是。"回过头就去了。

过了一刻，门外进来一个穿蓝布棉袄的汉子，手里拿了两个三弦子，一个递给翠花，一个递给翠环，嘴里向翠环说："叫你吃菜呢，好好地伺候老爷们。"翠环仿佛没听清楚，朝那汉子看了一眼，那汉子说："叫你吃菜，你还不明白吗？"翠环点头道："知道了。"当时就拿起筷子来给黄人瑞夹了一块火腿，又夹了一块递给老残。老残说："我自己夹就可以。"人瑞举杯说："我们干一杯吧。让她们姐儿两个唱两个曲，我们好喝酒。"

说着，她们的三弦子已都和好了弦，一唱一和地唱了一支曲子，人瑞用筷子在一品锅里捞了半天，看没有一样好吃的，便说道："这一品锅里的东西，都有来头的，您知道不知道？"老残说："不知道。"他便用筷子指着说："这鱼翅叫'怒发冲冠'；这海参叫'百折不回'；这鸡叫'年高有德'；这鸭子叫'酒色过度'；这肘子叫'恃强拒捕'；这汤叫'臣心如水'。"说完，彼此大笑了一阵。

她们姐儿两个，又唱了两三个曲子。下人捧上炖烂的鸡来。老残说："酒喝得差不多了，趁热盛点饭吃吧。"下人端进四碗饭来。翠花站起，接过饭碗，送到各人面前，泡了鸡汤，大家吃了个饱。饭后，擦过脸，人瑞说："我们还是炕上坐吧。"下人撤掉残肴，四人都上炕去坐。老残倚在上首，人瑞倚在下首。翠花倒在人瑞怀里，替他烧烟。翠环坐在炕沿上，没什么事做，拿着弦子，"蹦蹦"地拨弄着玩。

人瑞说："老残，我不曾读你的诗，今日总算'他乡遇故知',你也该作首诗露两手,让我们拜读拜读。"老残说:"这两天我看见河水上冻,很想作诗,正在那里打主意,被你一阵胡搅,把我的诗也搅到那'酒色过度'的鸭子里去了!"人瑞说:"你快别'恃强拒捕',我可就要'怒发冲冠'了!"说罢,彼此哈哈大笑。老残说:"有,有,有,明天写给你看。"人瑞说:"那不行! 你瞧,这墙上有一块新刷的,就是为你题诗特地准备的。"老残摇头说:"留给你题吧。"人瑞把烟枪往盘子里一放,说:"作不作,能由得你吗!"说罢站起身来,跑到房里,拿了一支笔、一块砚台、一块墨出来,放在桌上,说:"翠环,你来磨墨。"翠环当真倒了点冷茶,磨起墨来。

不一会,翠环说:"墨研好了,您写吧。"人瑞取了个布掸子,说道:"翠花掌烛,翠环捧砚,我来掸灰。"把那支笔递到老残手里,翠花举着烛台,人瑞先跳上炕,站在新刷的那块墙底下,把灰掸了。翠花、翠环也都跳上炕,站在左右。人瑞招手说:"来,来,来!"老残笑道:"你真会开玩笑!"也就站上炕去,将笔在砚台上蘸好了墨,哈了一哈,就在墙上七歪八扭地写起来了。翠环恐怕砚上墨冻住了,不停地哈气,那笔上还是裹了细冰,笔头越写越粗。不一会写完了,众人一看,写的是:

地裂北风号,长冰蔽河下。后冰逐前冰,相陵复相亚。河曲易为塞,嵯峨银桥架。归人长咨嗟,旅客空叹咤。盈盈一水间,轩车不得驾。锦筵招妓乐,乱此凄其夜。

人瑞看了,说道:"好诗,好诗! 为何不落款呢?"老残说:

"题个江右黄人瑞吧。"人瑞说:"这可使不得!冒认了个会作诗的头衔,要是落了个挟妓饮酒革职的处分,有点不合算。"老残便题了"补残"二字,跳下炕来。

翠环姐妹放下砚台烛台,都到火盆边上去烘手,看炭火快要灭了,就取了些生炭添上。老残站在炕边,向黄人瑞拱拱手,说:"今日多有打搅!我要回房睡觉去了。"人瑞一把拉住,说道:"不忙,不忙!我今儿刚听说了一件惊天动地的案子,其中关系着无数性命,有不少曲折离奇的情节,正要与你商议,明天一大早还要回去复命呢。你等我抽两口烟,长点精神,说给你听。"老残只得坐下。欲知究竟是段怎样的案情,且听下回分解。

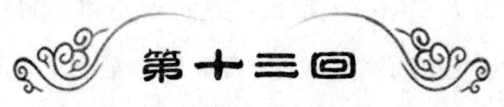

第十三回
青灯下女儿诉苦
黄河水涨民遭殃

老残又坐了下来,等人瑞抽完几口烟,再把这惊天动地的案子说给他听,就随便躺下了。翠环已经跟他很熟了,就倚在老残的腿上,问:"铁老,您家住哪里?这诗上写的是什么话?"老残就一五一十地说给她听。她凝神想了想,说:"说的真是不错,但诗里也能写这些话吗?"老残说:"诗上不说这些话,那该说什么话呢?"翠环说:"我在二十里铺的时候,来往的客人见得很多,也常有在墙上题诗的。我最喜欢请他们讲给我听,听来听去,无非两个意思:好一点说自己怎么有才,怎么能干,可天下人都不认识他;那些差的就说陪他睡觉的姐妹们长得多好看,他俩有多么的恩爱。

"那些老爷们的才气大不大,我们是不知道的。但是南来北往这么多的人都说自己是有才的人,为啥写的东西那些个没有才的人看都看不着呢?我说一句傻话:既是没才的这么少,俗语说得好,'物以稀为贵',岂不是像我们这些个没才的倒成了宝贝了吗?

"那些说姐儿们长得好的,无非就是我们眼前的这几个人,有的连鼻子眼睛还没有长周正呢,他们不是拿她比西施,就是拿她比王嫱；不是说她沉鱼落雁，就是说她闭月羞花。王嫱俺不知道她老人家是谁，有人说，她就是昭君娘娘。我想，昭君娘娘跟那西施娘娘难道都是这种土样子吗？一定是没道理的。

"至于说姐儿怎样跟他好，恩情怎样重，我有一回犯了回傻，去问了问，那个姐儿说：'他住了一夜就折腾了一夜。天亮管他讨点小费，他就拉下脸来，直着脖子，乱嚷道：钱昨晚我就已经付了，还要什么小费？'那姐儿呢，再三央求着说：'昨晚的钱，店里伙计扣一份，掌柜的又扣一份，剩下的全被当家的妈拿去，一分钱也没给我。俺们的胭脂花粉，跟身上穿的小衣裳，都是自己花钱买。光是听听曲子的老爷们，俺们不能向他要钱，只有留宿的老爷们，可以开口讨两个伺候辛苦钱。'再三央求着，他给了二百钱一个小串子，往地下一摔，还撅着嘴说：'你们这些强盗婊子，真不是东西！混账王八蛋！'你想这样的有恩情没有？因此，我想，作诗这件事是很没有意思的，不过造些谣言罢了。您老的诗，怎么不是这个样子呢？"老残笑道："'各师父各传授，各把戏各变手。'我师父传我的时候，不是这个传法，所以不同。"

黄人瑞刚抽完一袋烟，放下烟枪，说："真是'人不可貌相，海水不可斗量'。作诗不过是造谣言，这句话真被这孩子说中了呢！从今以后，我也不作诗了，免得造些谣言，被她们笑话。"翠环说："谁敢笑话您老呢！俺们是乡下没见过世面的孩子，胡说八道，您老可别见怪，给您老磕个头吧！"就侧着身子，朝黄人瑞磕了几个头。黄人瑞说："谁也没怪你呢，说的确实有理,从来也没有人说过这样的话! 可见'当局者迷,旁观者清'。"

老残说:"算了,还是赶紧说你那稀奇古怪的案子吧。明天一大早就要去复命的,怎么还这么慢条斯理的呢?"人瑞说:"不忙,我先给你说件事,慢慢地再说那个案子也不迟。我问你,河里的冰明天能化开不能化开?"老残答:"不能化。"人瑞问:"冰不化开,冰上你敢走吗? 明日能动身吗?"老残答:"不能动身。"人端又问:"既不能动身,明天早起还能有什么要紧事么?"老残答:"没有。"

黄人瑞说:"既然如此,你慌着回屋子去干什么? 如此沉闷寂寞之时,有个朋友谈谈,也就算苦中作乐了。况且她们姐儿两个,虽比不上牡丹、芍药,难道还比不上牵牛花、淡竹叶花吗? 有朋友谈天,又有美人斟茶,多么有趣的事啊。我跟你说:在省城里,你忙我也忙,想坐下来聊一会,总没有个空儿。难得今天相遇,正好畅谈一回。我常说:人生在世,最苦的是没地方说话。你看,一天说到晚的话,怎么说没地方说话呢? 肚子里的话,从两个地方说出来:一个是从丹田底下出来的,那是自己的话;一个是从喉咙底下出来的,那是应酬的话。省城里那些人,不是比我强的,就是不如我的。比我强的,他瞧不起我,所以不能同他说话;那不如我的,又妒忌我,又不能同他说话。难道没有同我差不多的人吗? 地位虽然差不多,心里面却就大不同了,他自以为比我强,就瞧不起我;自以为不如我,就妒忌我;所以真没有说话的地方。像您老哥总算是圈子外的人,今日难得相逢,我向来就很敬佩你,我想你看我可怜巴巴的,能和我谈两句,谁知你偏急着要走,怎么教人不难受呢?"

老残说:"好,好,好!我陪你聊就是。我跟你说实话吧!我回屋子自己也是坐着,也不是非要走的。但我看你叫了两个姑娘,正好同她们说说情话,或者开两个玩笑,乐和乐和,我在这里多不方便!"人瑞说:"我也正为她们的事情,要同你商量呢。"站起来,把翠环的袖子抹上去,露出胳膊来,指给老残看,说:"你瞧,这些伤痕叫人心疼不心疼呢!"老残一看,有一条一条青的,有一点一点紫的。人瑞又说:"这是膀子上如此,我想身上更可怜了。翠环,你就把衣服解开来看看。"

翠环这时已是眼泪汪汪的,只是忍住不叫它落下来,被他的手这么一拉,却连滴了许多泪。翠环说:"看什么,怪臊的!"人瑞说:"你瞧!这孩子傻不傻?看看怕什么呢?难道做了这营生,你还害臊吗?"翠环说:"怎么不害臊!"翠花这时眼眶里也满是泪,说道:"您别叫她脱了。"回头朝窗外一看,低低向人瑞耳中不知说了两句什么话,人瑞点点头,就不作声了。

老残此刻坐在炕上,心里想:"这都是好人家的儿女,父母养她的时候,不知费了多少精力,历尽多少的辛苦,淘气碰破了块皮,还要抚摸的,不但抚摸,肯定还心疼得不得了。倘被别家孩子打了两下,恨得跟什么似的。那种疼爱怜惜,就不用说了。哪知长大成人,或因收成不好,或因父亲抽鸦片烟,或因好赌钱,或因打官司所累,逼到万不得已的时候,就糊里糊涂将女儿卖到这种地方,被鸨儿残害,这真是惨不忍睹啊。"老残想起自己的所见所闻,各处鸨儿手段的狠毒,真好像一个师父教出来的,手段是一样的狠毒,又是愤怒,又是伤心,不觉眼角里,也有点潮湿了。

此时大家都沉默了,静悄悄的。只见外边有人扛了一捆行李进来,由黄人瑞的下人带着,送到里间房里去了。那下人出来对黄人瑞说:"请老爷将铁老爷的房门钥匙要过来,我们好送翠环的行李进去。"老残说:"一起扛到你们老爷屋里去吧。"人瑞说:"得了,得了!别装模作样了。把钥匙给我吧。"老残说:"那可不行!我从来不干这个的。"人瑞说:"我早吩咐过了,钱都已经给了。你这是何苦呢?"老残说:"钱给了不要紧,该多少我明儿还你不就得了。钱都已经付了,那老鸨子也没什么说的,也不会难为了她,怕什么?"翠花说:"你要真是让她回去,肯定免不了一顿打,一定说她得罪了客人。"老残说:"我还有别的办法:今儿送她回去,告诉她,明儿还叫她来,这就没事了。况且她是黄老爷叫的人,关我什么事呢,我情愿出钱,这还不行?"黄人瑞说:"我本来是为你叫的,我昨儿已经留了翠花,难道今儿好叫翠花回去吗?留下也就是大家解解闷儿,我也不是一定非要你怎么样嘛。昨晚翠花在我屋里讲了一夜,坐到天明,我们不过是彼此聊聊解个闷,也让她少挨两顿打。她们这行有个规矩,不留下是不准动筷子的,倘若天没黑就过来了,坐到半夜里饿着肚子回去,还免不了一顿打。因为老鸨儿总是说:客人既留你到这时候,自然是喜欢你的,为什么还会叫你回来,一定是应酬不好,碰着倒霉的,就是一顿。所以我才告诉他们说:都已留下了。你没看见那伙计叫翠环吃菜么？那就是个暗号。"

说到此处，翠花向翠环说："你快自己求求铁老爷，让他可怜可怜你吧。"老残说："我也不为别的，钱是照旧给你，一分不少。让她回去，她也安静我也安静些。"翠花鼻子里哼了一声，说："你安静是真的，她可安静不了！"翠环歪过身子，把脸儿向着老残哀告："铁老爷，我看您老的样子，怪慈悲的，怎么就不肯慈悲我们孩子一点吗？您老屋里的炕，一丈二尺长呢，您老铺盖不过占三尺宽，还多着九尺地呢，就舍不得赏给我们避一宿难吗？要是您老赏脸，要我伺候伺候呢，装烟倒茶，我也还会做；倘若您嫌弃得很，求您老包涵些，赏我个犄角旮旯儿混一夜，就算是恩典！"

老残伸手在衣服袋里将钥匙取出，递与翠花，说："随你们怎么办吧，但是我的行李可不许动。"翠花站起来，递与那下人，说："劳您驾，让她伙计送进去，出来后请你把门锁上。劳驾，劳驾！"那下人接着钥匙去了。

老残用手抚摸着翠环的脸，说："你是哪里人，你那老鸨儿姓什么？你是几岁卖给她的？"翠环答："俺妈妈姓张。"说了一句就不说了，从袖子里取出一块手帕来擦眼泪，擦了又擦，只是不作声。老残问："你别哭呀，我问你家里事，也是替你解闷儿，你不愿意说就不说也行，怎么掉眼泪呢？"翠环说："我原本就没有家！"

翠花接着说："您老别生气，这孩子就是这点不好，所以常挨打。其实，也怪不得她难受。两年前，她家还是个大财主呢，去年才卖到俺妈这儿来。她打小就没受过这个苦，所以日子自然就不好过,其实,俺妈还算是好的呢。翠环到了明年,恐怕要过今年这个日子都过不上呢!"说到这里,那翠环竟掩面呜咽起来。翠花喊道:"咳!你这孩子可是不想活了!你瞧,老爷们叫你来是为寻开心的,你可倒好,自己哭上了!那不得罪人吗?快别哭了!"

老残说:"没事,没事!让她哭哭也好。你想,她憋了一肚子的闷气,到哪里去哭?难得遇见我们两个没有脾气的人,让她哭个够,也算痛快一回。"接着用手拍着翠环说:"你就放声哭也不要紧,我知道黄老爷是没忌讳的人。只管哭,不要紧的。"黄人瑞也在旁大声嚷道:"小翠环,好孩子,你哭吧!劳你驾,把你黄老爷肚子里憋的一肚子闷气,也替我哭出来吧!"

大家听了这话,都不禁发了一笑,连翠环也遮着脸"扑哧"地笑了一声。原来翠环本来知道在客人面前万不能哭的,只因老残问到她老家的事,又被翠花说出她家两年前还是个大财主,所以触起她的伤心事,因此眼泪不由地直掉出来,要强忍也忍不住。等听到老残说让她哭个够,也算痛快一回,心里想:"自从落难以来,从没有人这样体贴过我,可见世界上男子并不个个都是拿女儿家当粪土一般作践的。只不知道像这样的人世界上多不多,我今生还能遇见几个?想想既能遇见一个,恐怕以后还有吧。"心里只顾这么盘算,倒把刚才的伤心事忘记了,反而侧着耳朵听他们再说什么。忽然被黄人瑞喊着,要她替他哭,怎么不好笑呢?所以含着眼泪,"扑哧"地笑了一声,并抬起头来看了人瑞一眼,那知被他们看到了,越发笑个不止。翠环此刻心里一点主意也没有,看着他们傻笑,只好糊里糊涂,陪着他们嘻嘻地傻了一回。

老残便问:"哭也哭过了,笑也笑过了,我还要问你:怎么两年前还是个大财主,如今这么落魄了?翠花,你说给我听听。"翠花说:"她是俺这齐东县的人。她家姓田,在这齐东县南门外有二顷多地,在城里,还有个杂货铺子。她有个弟弟,今年才五六岁。家里还有个老奶奶。俺们这大清河边上的地,多半是棉花地,一亩地最少也值一百多吊钱呢,她家有二顷多地,不就是两万多吊钱吗?算上铺子,就够三万多了。俗话说'万贯家财',一万贯家财就算财主,她家有三万贯钱,不算是个大财主吗?"

老残问:"怎么就穷了呢?"翠花说:"那才快呢!不消三天,就家破人亡了!这就是前年的事。俺们这黄河不是三年两头地决口吗?庄抚台为这个事愁得不得了。听说有个什么大人,是南方有名的才子,他就拿了一本什么书给抚台看,说这个河是因为河岸太窄了,将河岸加宽就好了。加宽河面必先拆了两岸的民宅,然后退守大堤。这话一出口,那些候补大人个个说好。抚台就说:'那这些堤里的百姓怎样处置呢?得拿钱叫他们搬走才好。'谁知这些候补王八蛋大人们说:'这事可不能叫百姓知道。您想,这大堤附近五六里宽,六百里长,总有十几万户人家,这事一旦被他们知道了,这几十万人守住这地方,这河岸还能拓宽么?'庄抚台没办法,点点头,叹了口气,听说还落了几点眼泪呢。

"第二年春天就赶紧修了大堤,在济阳县南岸,又打了一道隔堤。这两样东西就是杀这几十万人的一把大刀！可怜俺们这些小老百姓上哪里知道呢！看看到了六月初几，只听人说：'大汛到了！大汛到了！'那埝上的队伍不断地两头跑。那河里的水一天长一尺多，不到十天工夫，那水快赶上埝顶了，离那埝里的平地，估计有一两丈高！只见那埝上的报告水情的人马，来来往往，一会儿一匹，一会儿一匹。到了第二天晌午的时候，地方上的军队，把队伍都开到大堤上去了。

"那时就有机灵点的人说：'不好！恐怕要出乱子！咱们赶紧回去准备搬家吧！'谁知道那天夜里，三更时候，又赶上大风大雨，只听得稀里哗啦，那黄河水就像山一样地倒下去了。那些村庄上的人，大半都还睡在屋里，"呼"的一声，水就进去了，惊醒过来的，拔腿就跑，这时水已经过了屋檐。天又黑，风又大，雨又急，水又猛，您老想，这时候有什么法子呢？"未知后事如何，且听下回分解。

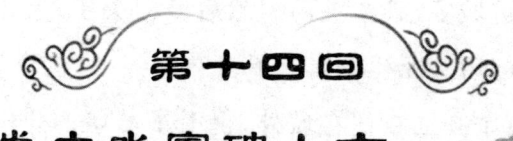

第十四回
发大水家破人亡
苦命女终遇救星

翠花说:"到了四更天,风小了,雨停了,月亮也出来了。当时已经看不见整个村子到底什么样了,只有离民埝近的,还有那些扶着门板或桌椅板凳漂到民埝跟前的人,才安全地上了岸。有的人住在民埝附近,坐着小船拿竹竿子捞人,也救了不少人,侥幸活下来的一想到全家人都没了,就剩下自己,全都号啕大哭,嘴里念着失去的亲人,沿着五百多里路,哭成一片,你说惨不惨!"

翠环接着说:"六月十五那天,我们在南门铺子里,半夜听见外面有人喊发大水了,大家赶紧都起来了。那天本来很热,很多人只穿一条短裤睡在院子里,下雨了才回屋;睡了不一会儿,就听见外边开始吵,往街上一看,见人们都往城外跑。因为城门外有个堤坝,每年决口时候用的,有五尺多高,很多人都朝坝上跑去了。那时雨刚停,天还阴着。

"突然间,城外的人又开始拼命地往回跑;县官老爷连轿子都不坐了,跑进城来,上了城墙。这时有人喊:'住城外的,别搬东西了!赶紧进城,城门马上要关了!'我们趴在城墙上,看见很多人用麻袋装泥,要堵城门。县大老爷在城墙上喊：'人都进城了，赶紧关门。'然后城门关了，又用装好泥的麻袋把城门后头死死地堵上了。

"我有个齐二叔住在城外，也上了城墙。我妈看见齐二叔，就问：'今年的水怎么这么厉害？'齐二叔说：'可不！往年决口，水刚下来，才一尺高；最高峰时候，也就二尺多高，从没超过三尺；一顿饭的工夫水就下去了，再高的水也高不过二尺了，今年的水太厉害了！刚下来就一尺多高，一眨眼就过了二尺！县大老爷看势头不好，看堤坝恐怕是顶不住了，就叫人赶紧进城。那时水已经快四尺高了。我这两天没看见大哥，是在村子上吗？挺让人担心的！'一听这话我妈就哭了，说：'可不是吗！'

"这时听到有人喊：'大堤被淹了！大堤被淹了！'城墙上的人开始纷纷往下跑。我妈哭着坐在地上说：'我就死在这儿，哪儿也不去了！'我没办法，只能陪着哭。又有人说城门缝里漏水，这些人就四处找东西，不管是民房，还是店铺，抓着什么是什么，全拿去塞城门缝子。一会儿工夫就把街上衣铺里的衣服、布店里的布都拿空了。不久有人说：'不漏水了！但麻袋太单薄，恐怕要挡不住了！'话音一落，不知道多少人，跑到我家店里搬粮食，整口袋地搬，拿去填城门缝子。不一会店就被搬空了；还有纸店里的纸，棉花店里的棉花，都没了。

"天亮了，我妈也哭得晕了过去。我就坐在旁边守着她。有人说：'这水太厉害了！把城外房子淹得就剩个屋檐了！水头得有一丈多高！从来没见过这么大的水！'后来店里的几个伙计来了,把俺娘扶了回去。一看店里已经不成样子了!伙计说店里整袋的粮食都填了城门,仓库里的散粮也被人抢光了。只剩下洒在地上的,扫了扫,能有两三担。店里有两个家住乡下的老妈子,一想到家里的老老小小很可能都没了命,哭得死去活来。

"太阳快落山了伙计才把我妈灌醒。大家喝了几口小米稀饭。我妈睁开眼,一看奶奶不在,问伙计们:'老奶奶呢?'他们说:'在屋里睡觉呢,不敢惊动她老人家。'俺妈说:'也得请她起来吃点东西呀!'就进屋去请,谁知道她不是睡觉,是吓死了。摸了摸鼻子,已经没气了。俺妈'哇'的一声,吃的两口稀饭,带着血块子一起吐了出来,又昏过去了。幸亏王妈在奶奶身上使劲地搓,忽然喊:'不要紧!心口还热着。'然后用嘴吹气,又叫人赶紧拿了姜汤来。到了下午,我妈和奶奶才全都缓了过来,算是一家平安了。

"我听见两个伙计在前院那说话,一个说城下的水有一丈四五了,这个老城恐怕守不住了;水要是进了城,大家全都得死!另一个说,县大老爷还在城里,应该没什么事。"

老残对人瑞说:"我也听说过这事,到底是谁出的主意,这是哪本书上这么写的,你知道吗?"人瑞说:"这事发生那年我还没来,我也是听别人说的,不太确定。据说是史钧甫的主意,出自贾让的《治河策》。书中说当年齐国与赵国、魏国以河来划界,赵、魏两国临山,齐国地势低,就沿河修筑了二十五里堤坝,河水被齐国修筑的堤坝所阻挡,就在赵魏两国泛滥,于是赵魏两国也筑起堤坝,沿河有二十五里。

黄河水淹乡里

"那天,各部官员都在衙门里,史钧甫把这几句指给大家看,说:'可见战国时两堤相距是五十里,所以才没有水灾。如今两个民埝相距才三四里,也就是两大堤相距还不到二十里,连过去的一半都没有,要不废除民埝,水灾就不会停止。'宫保说:'这个道理我懂。只是这夹堤里面全是村庄,而且是肥沃的土地,要是毁了,岂不是要了百姓的命吗?'

"史钧甫又指着《治河策》给宫保看:'贾让说,当年大禹治水,有山挡路,就一定要改造,或在山里凿出山洞,或开辟山路,推倒或毁掉巨石。改变自然面貌的事,人家都能做到了,何况是几个人工修建的水渠?还有一句:小不忍则乱大谋,宫保认为毁了庄稼是要了百姓的命,难道年年决口就不害百姓的命吗?只有修建河堤才能长久地保证百姓的安全,所以贾让说,汉朝的疆域有几万里,难道跟水争地盘吗?如果修河堤这件事能够成功了,河水安定,人民安康,千百年都没问题,这才是上上之策。汉朝的领土只有几万,都不跟水争地盘;我朝方圆几十万里,反而去跟水争,这不是让后人笑话吗?又指着另一段说:'三策遂成不刊之典,但汉朝以来,治河者用的都是下策。真是悲哀!自汉、晋、唐、宋、元、明以来,读书人都知道贾让的《治河策》,可惜治河者都不是读书人,所以没有大的成就。宫保要是能采用这上策,岂不成了贾让二千年后的知己了?功劳万世不朽!'宫保皱着眉头说:'但是我还是不忍心毁掉这十几万百姓的庄稼地。'两司说:'为了可以一劳永逸,为什么不另筹一笔款项,把百姓迁出去呢?'宫保说:'嗯,这个办法还比较稳妥。'后来听说筹了三十万两银子,准备迁民,至于为什么没迁,我就不知道了。”

人瑞对翠环说:“后来怎么样了?”翠环说:“后来我妈拿定了主意,就是不走了,淹就淹死吧!”翠花接着说:“那年我也在齐东县,住在北门。俺三姨家离民埝很近,北门外大街和铺子又整齐,所以街后的两个埝都不小,听说有一丈三高。再加上地势高,所以北门没遭灾。十六那天,我到城墙上去,看见水里漂的到处是箱子、桌椅板凳、窗户、门。淹死的人,满河都是,也没人顾得上捞。有的有钱人,打算搬家,船都雇不着。”

老残问:“船都哪去了?”翠花说:“都被官府召集起来送馒头去了。”老残又问:“给谁送馒头?用那么多船吗?”翠花说:“馒头的作用可大了!村里的人,被水冲走一大半,剩下的一半,都是机灵点的,一见水来,就上了屋顶,所以每个村的屋顶上都有百十来人,四面都是水,到哪儿弄吃的去?有人饿急了,干脆跳水自杀了。幸亏抚台派了专员,驾着船四处给他们送馒头,大人三个,小孩两个。第二天又有专员驾着空船,把他们送到北岸。这本来是好事,谁知道这些浑蛋还有蹲在屋顶上不肯下来的呢!问他为什么,他说在水里有抚台给他送馒头,到了北岸就没人管他,会饿死。他不想想抚台的馒头送几天也就不送了,他还是会饿死。您说这些人傻不傻?”

老残跟人瑞说:“这事太荒唐了!虽说是史钧甫的错,怪他观察不准,但想出这个办法的人却也是好心。只是书读多了,不太懂人情世故,一不留神就容易出错。孟子说:‘尽信

126

书,则不如无书。'不仅治水是这样,天底下的坏事,是奸臣干的,十件里有三四件;而书呆子做成的坏事,十件里得有六七件!"老残问翠环:"你爹找到了吗,还是被水冲走了?"翠环含着泪说:"肯定是被水冲走了! 要是活着,能不回家吗?"大家听了,纷纷叹息。

老残又问翠花:"你刚才为什么说她明年连这样的日子都过不成了?"翠花说:"俺爹这么一死,丧事花了一百多吊钱;前天我妈赌钱,又输了二三百吊,总共欠了人家四百多吊,年是肯定过不去了,所以打算把翠环卖给蒯二秃子。蒯二秃子出了名的厉害,就喜欢拿火筷子烙人。我妈向他要三百两银子,他只肯出六百吊,所以没谈妥。转眼就过年了,日子眼看越过越紧,到了年关,也只能把翠环卖给他了。这一卖,翠环可就要受苦了。"

老残沉默了,翠环也在抹着眼泪。黄人瑞说:"老残哥,我刚才说有件事要跟你商量,就这个事。我想,眼看着这个孩子往火坑里跳,实在不忍心。说起来也就三百两银子的事,我愿意出一半,剩下的再找几个朋友凑凑,你也出几两,多少都行。但是这个名我却不能担,如果你能把她要了去,就好办了。你看怎么样?"

老残说:"这事好办。至于钱,既然你出一半,那另一半就我出吧。只是我不能要她,还得再想办法。"

翠环听到老残和人瑞要救她,连忙从炕上滚下来,给他们二位磕头:"两位老爷是活菩萨,是我的救命恩人,让我去做什么都行,丫头、老妈子,我都愿意。只有一件事,我得禀明在先：我之所以总挨打，也不怪我妈，都是我的错。俺娘当初因为实在没饭吃，才把我卖给这个妈，拿了二十四吊钱，除去谢中间人的钱，只剩下二十吊钱。接着去年春天，我奶奶死了，这钱就花光了，我妈领着我弟弟要饭吃，不到半年，连饿带苦，也死了。只剩下我弟弟，今年六岁。幸亏有个老邻居李五爷，现在在齐河县做小生意，把他领了回去。但是李五爷自己家里都不够吃，哪能管他饱呢？所以我在二十里铺的时候，要是客人给得多，我就一两个月攒些钱给他寄过去。现在您两位老爷救我出来，要是把我送到附近的地方，我总能省一些钱给他寄去；要是走远了，请两位恩爷允许我把弟弟带着，寄放在庙里也行，找个小户人家养着也行。我们田家祖宗八代，做鬼都感激你们的恩情，一定会报答你们的！田家就剩这一根独苗儿了……"说到这里，又号啕大哭起来。

人瑞说："这有点难。"老残说："不难，我有办法。"然后对着翠环说："田姑娘，你别哭了，我保证你姐弟俩一辈子不分开就是了。让我想一想，好给你出个主意；你要是把我哭昏了，就想不出好主意来了。快别哭了！"翠环赶紧忍住不再哭了，给他们磕了几个响头。老残赶忙把她搀起，发现她磕头的时候用力过猛，在额头上碰出一个大包，包破了，正流血呢！

老残扶她坐下，说："你这是何苦呢！"然后替她把额头上的血轻轻擦去了，让她在炕上躺着，转过来跟人瑞商量，说："这件事，得分个前后主次：咱们先替她赎身，再给她嫁个好人家。赎身又分两步：先私了，不行再公断。现在别人出六百吊，我们明天把当家的叫来，也先出六百吊，然后再加钱，这种人不能跟她太爽快，你太爽快，她会觉得她要价低了。现在银价是一两换两吊七百文，三百两可换八百一十吊，这样所有开销都足够了。看她当家的怎么说：她要是明理，就私了；要是不好说话，就领她去见官，她一怕，肯定还得选择私了，你觉得这个主意怎么样？"人瑞连忙说："太好了，太好了！"

老残又说："你我都不想暴露姓名，那就说是替亲戚办的。等事情解决，再表明要给她找个人家的目的；不然，当家的肯定不放人。"人瑞说："好。这个办法一定能行。"老残说："银子不管花多少，都是你我各出一半。但是我身上带的钱不够，得麻烦你先替我垫一点儿，等到了省城，我就还你。"人瑞说："这好办，就算赎两个翠环，我的银子也够用。只要事情办妥，你还不还没关系。"老残说："一定得还！我在钱庄还存着四百多两银子呢。你不用担心我没钱、没饭吃，放心吧！"

人瑞说："就这么办，明天早起，就叫人去喊她们当家的。"翠花说："你别去喊。明天早上，我们姐儿俩肯定得回去的。要是你去叫她，让她知道了这个意思，她肯定会把环妹藏到乡下去的；那时再讲价，就要受她摆布了，况且她们抽鸦片的人，也起不早；不如下午，你先把我们俩叫来，然后再去叫我妈，那就不怕她了。但是千万别说是我说的：翠环妹妹就要自由了，不怕她，我还得在她那待两年呢！"人瑞说："那是肯定的！明天我先去县衙，顺便带个差人来。如果你妈使坏，我就先把翠环交给差人看着，再来制她。"说完，大家的心情都好了起来。

老残又对人瑞说："她们事就这么定了，倒是你之前说的那个案子，让我放心不下。你说的是真的假的？说了我好放心。"

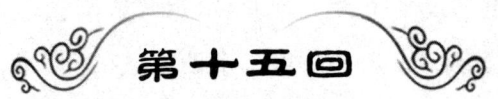

第十五回
虚惊一场惊二翠
严刑无度逼孤孀

俩人刚将如何搭救翠环的事商议完毕，老残便问："你刚才说，这地方有个惊天动地的案子，牵扯着十几条人命，更有一些离奇古怪的情节，到底是真是假？我真的不放心。"人瑞说："别忙，别忙。刚才为这毛丫头的事，商议了半天，我先抽口烟，提提神，再告诉你。"

翠环此时心里甜得像蜜似的，正不知如何是好，听见人瑞要抽烟，赶紧拿过签子来，替人瑞烧了两口。人瑞说："离齐河县城四十五里的东北角上，有个大村镇，名叫齐东镇，就是周朝齐东野人的老家。镇上有三四千户人家，一条大街，十几小街。路南第三条小街上，有个贾老翁。这老翁年纪不过五十多岁，生了两个儿子，一个女儿。大儿子现在应该有三十多岁了，二十岁时娶了本村魏家的姑娘。魏、贾都是庄户人家，每家有田地四五十顷。魏家没有儿子，只有这个女儿，却过继了一个远房侄儿在家，管理家里的一切事务。只是这个过继的儿子不学好，所以魏老儿很不喜欢他，却非常喜欢这个女婿，拿他当宝似的，谁知这个女婿去年七月受了风寒，没过一个月，就死了。过完百日，魏老头心疼女儿，常常接回家来过个十天半月的,给她解解闷。

"这贾家呢,二儿子今年二十四岁,在家读书。人长得清清秀秀的,有文才,也能写一手好字。贾老儿的大儿子死了,这二儿子便成了宝贝。老头怕他劳神,书也不让他念了。他那女儿今年十九岁,长得如花似玉,人又能干,家里大小事情,都由她做主,因此本村人替她起了个外号,叫作'贾探春'。老二娶的也是本村一个读书人家的女儿,不过老二性格极其温柔,轻易不肯开口,所以村里人看他老实没用,起他个外号叫'二呆子'。

"这贾探春长到十九岁,为何还没有婆家呢?只因为她才貌双全,这乡下,哪有那么俊俏男子来配她呢?邻村有个吴二浪子,为人风流倜傥,相貌也俊,言谈也巧,家道也富裕,好骑马射箭,同贾家本是老亲,一向都有来往,彼此女眷都是不回避的,只有他曾经托人来求亲。贾老儿心想,这个亲事倒还做得,只是听人说,这吴二浪子已经偷了好几个女人,又好赌,时常跑到省城里去玩耍,动不动一两个月的不回来。心里琢磨,这家人家,虽然是乡下的首富,摊上这么个儿子终究还是要败落的,因此就没有答应。以后再要找人才家道相当的,总找不着,所以就把这亲事给搁下了。

"今年八月十三是贾家老大的周年。家里请和尚分别在十二、十三、十四这三天念了三天经。念完经,魏老儿就接了女儿回家过节。谁想当天下午,猛然听人说,贾老儿家全家丧命。等我赶过来时,乡里的头头都已到场了。全家人都死了,只有贾探春和她姑妈来了,哭得跟泪人似的。不一会工夫，魏家姑奶奶，就是贾家的大娘子也赶到了。进得门来，听见一片哭声，也不晓得事情缘由，只好号啕大哭。

"当时村长前后都看过了，统计了一下，死了看门的一名，长工二名；厅房堂屋，倒在地下死了书童一名；厅房里间，贾老儿死在炕上；二进上房，死了贾老二夫妻两人，旁边老妈子一个，炕上三岁小孩子一个；厨房里，老妈子一个，丫头一个；厢房里，老妈子一个；前厅厢房里，管账先生一个；大小男女，共死了一十三名。统计完后，就连夜报上县来了。

"次日清早，县令就带着相关办案人员来了，对尸首一一进行检验，发现这些尸首的骨节都如正常人一样硬实，皮肤不发青紫，既非杀伤，又非服毒，这案子就有些难办。贾家这边忙着办理后事，县里又准备给抚台递交一份报告。县令正在写报告时，突然贾家通报，说已经查到被人谋害的痕迹。"

刚说到这里，翠环抬起头来喊道："你瞧！窗户怎样这么红呀？"一言未了，只听得"哗哗剥剥"的声音，外边人声嘈杂，有人大声喊叫说："起火了！起火了！"这几个人连忙跑出房间来，把帘子一掀，见在老残住的厢房后边火光一片。老残连忙掏出钥匙去开房门上的锁，黄人瑞大声喊道："多来两个人，帮铁老爷搬东西！"

老残把铁锁打开，将门一推，就见房内一大团黑烟，迎面扑过来，那火舌已由窗户里冒出来了。老残见黑烟冲来，赶忙往后一退，却被一块砖头绊住，跌了一跤。恰好那些来搬东西的人正好赶到，就势把老残扶起，搀到东边去了。

当下看那火势，怕人瑞的房间也保不住了，黄人瑞的家人就带着众人,进上房去抢搬东西。黄人瑞站在院子中间,大叫喊道:"先把账箱搬出来,其他的先别管!"说话的工夫,黄升已将账箱搬了出来。其他人也将黄人瑞的箱子行李都搬出来放在东墙脚下。店家早已搬了几条长板凳来,请他们坐下。人瑞检点物品,一样不少,却还多了一件,赶忙叫人把它搬到柜房里去。众位,你猜多的是什么?原来正是翠花的行李。人瑞知道县官肯定来查看火势,倘若被官府的人发现了,就有点难堪,所以叫人搬去。人瑞对二翠说:"你们在柜房里避一避,官府的人马上就要来了。"二翠听了,便顺着墙根往前面走了。

看到发生了火灾,四周的邻居和河工夫役等都拿着水桶水盆的赶来救火。无奈黄河两岸都已冻得结结实实的,当中虽有流水,人却不能去取。店后有个大水塘,却早冻得如平地了。只有城外两口井里有水,你想,慢慢地一桶一桶打起,有什么用呢?这些人急中生智,就把坑里的冰凿开,一块一块地往火里投。哪知这冰的力量比水还大,一块冰投下去,就有一块地方没了火头。这坑正在客房后边,有七八个人站在上房屋脊上,后边有数十个人运冰上屋,屋上人接着往火里投,一半投到火里,一半落在上房屋上,所以火就蹿不到上房这边来。

老残与黄人瑞正在东墙看人救火,只见外面一片灯笼火把,县官已到,带领众人手执挠钩长杆前来救火。进门后,看火势已经渐渐小下去,就一面用挠钩将房扯倒,一面命人取黄河浅处薄冰抛入火里,压住火势,那火也就渐渐地熄了。

县官见黄人瑞站在东墙下，走上前来，请了一个安，说："大人受惊了！"人瑞说："我还没怎样，只是我们补翁烧得惨点。"接着对县官说："子翁，我介绍你认识个人。此人姓铁，号补残，与你颇有关系，那个案子上要倚赖他才好办。"县官说："哎呀呀！铁补翁在此地吗？快快请来让下官认识一下。"人瑞随即招手大呼道："老残，请这边来！"

老残本与人瑞坐在一条凳上，因见县官来，躲进人丛里，借口看火回避着。这时听见招呼，便走过来，与县官作了个揖，彼此说些客套话。县官坐在马扎子上，老残与人瑞还坐在长凳子上。原来这齐河县令姓王，号子谨，也是江南人，与老残同乡。虽是个进士出身，倒不糊涂。

此时黄人瑞对王子谨说："我想阁下齐东村一案，只有请补翁写封信给宫保，须派白子寿来，此案才能昭雪平冤；那个绝物也不敢过于倔强。我辈都是同官，不好得罪他的；补翁是局外人，不用忌讳。不知大人意下何如？"子谨听了，欢喜非常，说："贾魏氏这回该有救了！太好了，太好了！"老残听得没头没脑，答应又不是，不答应又不是，只好含糊先答应着。

当时火已全熄，县官要拉二人到衙门去住。人瑞说："上房既没烧着，我还是搬进去住吧，只是铁公无家可归了。"老残说："不怕，不怕！此时夜已深，马上天就亮了。天亮后，我就上街买些行李，不碍事的。"县官又苦苦地劝老残到衙门里去。老残说："我在黄兄这里睡一夜是无妨的，请放心吧。"县官又殷勤地问："烧了什么东西？未免太破财了。只要在敝

县能够买得到的,在下定当派人给铁先生买来。"老残笑道:
"破衣一件,竹筒一只,布衫裤两件,破书数本,铁串铃一枚,
如此而已。"县官笑道:"原来如此,那也就罢了。"

正要告辞,只见村长和差人,用一条铁索,锁了一个人
来,那人跪在地下,像鸡啄米似的,连连磕头,嘴里只叫:"大
老爷饶命!大老爷饶命!"那村长跪一条腿在地下,喊道:"火
就是从这个老头儿屋里起的。请大老爷示:是带回衙门去
审,还是在这里审?"县官便问道:"你姓什么?叫什么?哪里
人?怎么样起的火?"只见那地下的人又连连磕头,说道:"小
的姓张,叫张二,是本城人,在这隔壁店里做长工。因为昨儿
从天明起来,忙到晚上二更多天,才稍为空闲一点,回到屋里
睡觉。谁知小衫裤汗湿透了,刚睡下来,冷得不行,到后来实
在受不了了,就起来了。小的看这屋里放着好些粟秸,就抽
了几根,烧着了,想烘一烘衣服。又想起窗户台上有上房客
人吃剩下的酒,赏小的吃的,就拿在火上煨热了,喝了几盅。
谁知道累了一天了,好容易暖和了一会,又有两杯酒下了肚,
糊里糊涂,坐在那里,就睡着了。刚睡着,一会的工夫,就觉
得鼻子里烟呛得难受,慌忙睁开眼来,身上棉袄已经烧着了
一大块,那粟秸做的墙壁都烧着了。赶忙出来找水灭火,谁
知刚出屋那火已蹿上了屋顶,小的也没有法子了。所招是
实,求大老爷开恩!"县官骂了一声"浑蛋"说:"带到衙门里办
去吧!"说罢,站起身来,向黄、铁二公告辞;又再三叮嘱人瑞,
务必设法办成那一案,然后就匆匆走了。

火已经灭了,废墟里只冒着白气。黄升带领一帮人把行

李物品又都搬进屋里，摆放好。人瑞说："屋子里烟气太重了，烧盒万寿香来熏熏。"接着又向老残说："铁公，我看你这回还忙不忙着回屋了？"老残说："都是被你一留再留的。要是我在屋里，也不会被火烧得这么干净。"人瑞说："咦！不害臊！要是让你回去，恐怕你现在都成一把灰了呢！你还不好好谢我，反来埋怨我，真是不识好歹。"老残说："难道我是死人吗？你不赔我东西，我跟你没完！"

说着，只见门帘揭起，黄升领了一个戴大帽子的人进来，对着老残打了一个千儿，说："我家主人说给铁老爷请安。送了一副铺盖来，是主人自己用的，请铁老爷不要嫌弃，明天叫裁缝赶紧做新的送过来，今夜先将就点儿用吧。还有狐皮袍子马褂一套，请铁老爷随便用吧。"老残站起来说："多谢你家主人费心。行李暂且留在这里，借用一两天，等我自己买了，就交还。衣裳我都已经穿在身上，并没有烧掉，不劳他费心了。回去多多道谢。"那下人还不肯把衣服带去。黄人瑞说："衣服，铁老爷是绝不肯收的。你就跟你家主人说是我说的，你带回去吧。"那下人又打了个千儿去了。

老残说："我的烧了也罢了，总是你瞎捣乱，无缘无故把翠环的行李也烧在里头，你说冤不冤呢？"黄人瑞说："那不要紧！我说她那铺盖总共值不到十两银子，明日赏她十五两银子，她妈还不高兴坏了。"翠环说："可不是吗，也就是我这么倒霉的人，一卷铺盖害了铁爷许多好东西都毁掉了。"老残说："倒没什么值钱的，只可惜我两部宋版书，是有钱没处买的，未免可惜。这也是天数，随它去吧。"人瑞说："我看宋版书倒也不稀奇,只是可惜你那摇的串铃子也毁掉,岂不是砸了你的饭碗吗?"老残说:"可不是呢。这可应该你赔了吧,还有什么说的?"人瑞说:"罢,罢,罢! 烧了她的铺盖,烧了你的串铃。大吉大利,恭喜,恭喜!"对着翠环作了个揖,又对老残作了个揖,说:"从今以后,她不用做卖皮的婊子了,你也不要做说嘴的郎中了!"

老残大声叫道:"好,好,骂得好! 翠环,你还不去拧他的嘴!"翠环说:"阿弥陀佛! 全托两位的福了!"翠花点点头,说道:"环妹由此从良,铁老爷由此做官,这也实在是把大吉大利的火,我也得替二位道喜。"老残说:"依你说来,她却从良,我却从贱了?"黄人瑞说:"闲话少讲,我且问你:咱是聊天还是睡觉? 要是睡,就收拾行李;要说话,我就把那奇案再告诉你。"随即大叫了一声:"来啊!"

老残说:"你说,我很愿意听。"人瑞:"刚才不是说到贾家派人来报,说查出被人谋害的痕迹了吗? 原来这贾老儿桌上有吃剩了的半个月饼,死的一大半人房里都有吃月饼的痕迹。这月饼却是前两天魏家送来的。所以贾家新过继来的那个叫贾干的儿子,同了贾探春告说是她嫂子贾魏氏与人通奸,用毒药谋害一家十三口性命。

"齐河县令王子谨就把贾干传来,问他奸夫是谁,却又指不出来。吃过的月饼,只有半个,已经捏碎了,馅子里倒是有砒霜。王子谨把贾魏氏传来。贾魏氏供认:'月饼是十二日送来的。我还在贾家,但当时就有人吃过,并没有死人。'后来又把那魏老儿传来。魏老儿供称:'月饼是大街上四美斋做的,有毒无毒,可以对证了。'等把四美斋传来,又供月饼虽是他家做的,而馅子却是魏家送来的。就是这一节,却不得不把魏家父女暂且收管。虽然收管,却未上刑具,把他们单独关押在监狱里的一间空屋。子谨让人去尸检,这些人根本不是中毒而死;他自己又亲自去检验尸体,确实不是中毒而死的。即使月饼里有毒,也未必人人都是同时吃的,而且也应该有个中毒轻重的区别啊!

"无奈上头催促赶紧断案,县令就把这案子上报了抚台,请上级派人来会审,前几天刚到。这人姓刚,名弼,是吕谏堂的门生,专学他老师,十分清廉。一来就把那魏老儿上了一夹棍,贾魏氏上了一拶子(夹手指的酷刑)。两个人都昏厥过去,却没有得到口供。哪知冤家路窄:魏老儿家里的管事的却是个愚忠老实人,看见主人吃这冤枉官司,就替他筹了些款,到城里来打点,一投投到一个乡绅胡举人家。"

刚说到这,只见黄升揭开帘子走了进来,说:"老爷叫我呀。"人瑞说:"收拾铺盖。"黄升说:"铺盖怎么放?"人瑞想了一想,说:"外间屋冷,都睡到里边去吧。"就对老残说:"里间炕很大,我同你一边睡一个,叫她们姐俩打开铺盖卷睡当中,好不好?"老残说:"很好,很好! 赶紧说,投到这胡举人家怎么样了?"要知后事如何,且听下回分解。

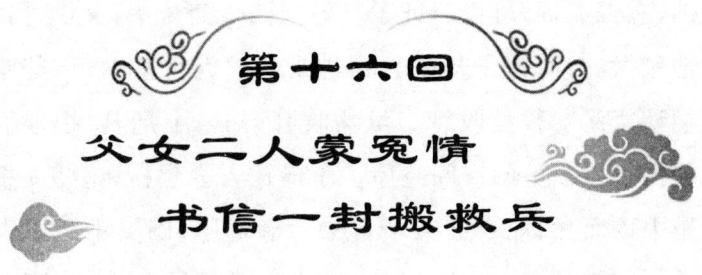

第十六回
父女二人蒙冤情
书信一封搬救兵

　　上回说到老残急忙要问人瑞魏家管家投到胡举人那里的结果，可人瑞却偏偏不紧不慢地在一旁抽上了大烟。黄升铺好了行李，从屋里走出来，指着二翠说："她们的铺盖，叫她伙计来放？"人瑞点点头。原来这里有个规矩：凡妓女的铺盖，必须她们的伙计给铺，别人是不会给她铺的。

　　等众人的床铺好了，人瑞的烟也抽完了，老残急着问道："快说，投奔到胡举人那，结果呢？"人瑞说："这个糊涂乡巴佬，见了胡举人，趴在地上就磕头，说：'老爷如果能救得了我家主人，我们全家保佑您万代封侯！'胡举人说：'光保佑不管用，要有钱才能办事呀。我在省城里也与那位老爷一同赴过宴，是认得的。你先拿一千两银子来，我就替你办。我的酬劳再另算。'那管家便从怀里摸出个皮囊来，取出两张五百两的银票，交给胡举人，又说道：'只要官司能打赢，就是花再多的钱，我也认了。'胡举人点点头，吃过午饭，就去拜见老刚。"

　　老残拍着炕沿叫道："糟了！"人瑞接着说："这浑蛋的胡举人来了之后，见了老刚，说了几句客套话。胡举人就把这一千两银票递上，说道：'这是贾魏氏那一案，魏家孝敬老爷的,求老爷您开恩。'"

老残说:"一定翻案了!"人瑞答道:"翻了倒还好,谁知道却没翻。"老残问:"这是怎么回事?"人瑞说:"老刚只是笑嘻嘻地双手接了,看了看,说道:'是哪家钱庄的银票,信誉好么?'胡举人说:'这是同裕的票子,是本县最大的钱庄,万无一失。'老刚说:'这么大的案子,一千两哪能行呢?'胡举人答道:'魏家人说了,只要能早点结案,一家子没事,就是再多花点,他也愿意。'老刚说:'十三条人命,一千银子一条,也一万三呢。也罢,既是老兄来说情,兄弟我就减半,就六千五百两银子吧。'胡举人连声答应道:'没问题,没问题!'

"老刚又说:'老兄你不过是个中间人,不能擅自做主,最好回去跟魏家人证实一下,他若同意也不必拿银票,只要老兄你出个字据,写上:对方愿出六千五百两。我拿了字据,明天就结案。'胡举人高兴得不得了,回去就与那乡下老儿商议。那乡下老儿听说官司可以了结无事,仗着在魏家呆的年头长了,擅自做主写了个五千五百两的凭据交给胡举人,又写了个五百两的凭据,当作给胡举人的酬劳。

"这浑蛋胡举人写了一封信,连同这五千五百两的凭据,一块送到县衙门里来。老刚收下,还给了他一个收条。等到第二天升堂,老刚和王子谨一起审理此案。前一天发生的事情,王子谨毫不知情。二人坐在公堂上,喊了一声'带人',那衙役们便将魏家父女带到,二人看来都有气无力。两人跪到堂上,刚弼便从怀里摸出那个一千两银票连同那五千五百两凭据以及胡举人的书信,递给子谨看了一遍。那王子谨也不好说什么,心中却暗暗地替魏家父女叫苦。

"刚弼等子谨看过,便问魏老儿:'你认得字吗?'魏老儿答:'我也算是读书人,认得字。'又问贾魏氏:'认得字吗?'贾魏氏答:'从小上过几年学,认字不多。'老刚便将这银票、字据叫差人送给他们父女看。他父女都说不知这是什么。刚弼说:'别的不懂,也就罢了;这个字据上的笔迹,下面的名字,你也不认得吗?'叫差人:'你再给那个老头儿看!'魏老儿看过,答道:'这凭据是小的家里管事的写的,但不知他为什么写这个。'

"刚弼哈哈大笑说:'你不知道就让我来告诉你!昨儿你们家管家的托一个姓胡的举人来找我,先送了一千两银子,求我想法儿给你们开脱罪行;还说只要能办成,花再多的钱也认。我想你父女二人嘴硬得很,不如趁这个机会探探你们的口风,我让胡举人跟你家管事的说,十三条性命,一千两银子一条,就是一万三千两,如果觉得多那就减半,五百两银子一条命,就是六千五百两,不能再少了。我还告诉胡举人让你家管事的写了个字据,他果然写了,现在就在这里。我告诉你,我与你无冤无仇,我为什么要陷害你们呢?首先,我身为朝廷命官,又是抚台大人特地委托我来帮着王大老爷审这案子,我要是拿了你们的银子,替你们开脱罪行,不但辜负抚台的委任,就是那十三条冤魂,肯饶我吗?我再告诉你:如果人命不是你谋害的,你家为什么肯拿几千两银子出来打点呢?其次,他在我这里花的是六千五百两,在别处上下打点还不知要花多少?倘若人不是你害的,我告诉他照五百两一条命计算,也应该六千五百两,你那管事的就应该说,人确实不是你害的,如果我肯替你们俩申冤,你们家就是拿七千八千都认,但这六千五百两你们家说什么也不能答应。为什么他二话不说就照五百两一条命给我银子呢?我劝你们早点坦白,免得皮肉受苦。'

"那父女两个连连叩头说:'青天大老爷!实在是冤枉!'刚弼把桌子一拍,大怒道:'我这样开导你们,你们却还不招,来人,给我大刑伺候!'底下差役炸雷似地答应了一声'喳',夹棍往堂上一摔,顿时把父女俩吓得魂飞魄散。

"正要动刑,刚弼又说:'慢着,行刑的差役过来,我有话对你们讲。你们听好了,先给我夹贾魏氏,但别让她昏过去,看她神志不清就先缓一缓,等她清醒了再夹,用不了十天,就是英雄好汉,也不怕她不招!'

"可怜这贾魏氏,没到两天工夫就被折磨得只剩下一口气,又不忍心让老父受刑,就说道:'我招了!人是我害的,和我父亲没关系!'刚弼问:'你为什么害他全家?'贾魏氏答:'因为我们妯娌不和,我就要谋害她。'刚弼问:'妯娌不和,你害她一个人就够了,为什么毒死她一家子呢?'贾魏氏答:'我本想害她一人,因为想不出其他办法,就把毒药放在她最爱吃的月饼馅儿里。'刚弼问:'你在月饼馅儿里放的什么毒药呢?'答:'是砒霜。''哪里来的砒霜呢?'答:'叫人在药店里买的。''哪家药店里买的呢?''是叫别人买的,所以不知道哪家药店。'问:'叫谁买的呢?'答:'就是婆家被毒死了的长工王二。'问:'既然是王二买的,为什么他还肯吃这放了毒的月饼？'答：'我叫他买砒霜的时候，只说要毒老鼠，所以他不知道。'问：'你说你父亲不知情，你做这么大的事难道不同他商量么？'答：'这砒霜是在婆家买的，买了好多天了。正想找个机会放在她的饭碗里，一连几天都没有机会。正好那天回娘家，看见娘家人在做月饼，说是过节要往我婆家送的，我趁着没人的时候，就把砒霜搅在馅儿里了。'

"刚弼点点头，又问道：'你倒是很直爽，所招也是实情。我还听人说，你公公平时待你不好，有这回事吧？'贾魏氏说：'公公待我如亲生女儿一般，天下再找不出第二个对我这么好的了。'刚弼问：'你公公反正已死，你何必替他辩护呢？'魏氏听了，猛地抬起头来，怒目圆睁，大叫道：'刚大老爷！你不就是想定我的罪么！现在你如愿了。公公确实是我误杀的，死罪我也认了！你又何必非要判我故意杀人呢，你也是个有儿有女的人，就不想替你家儿女积点德？'刚弼一笑，说：'要说作为父母官呢，我确实应该把案子查个水落石出的；但你既然这么说了，就先在供词上画押吧。'

黄人瑞接着说："这是前两天的事，现在那个刚弼还在打魏老爷子的主意呢。昨日我在县衙门里吃饭，听说王子谨被刚弼这么一逼，也不好开口，只能干生气，一开口，好像拿了魏家不少银子似的，李大人在这里，也觉得这案子判得不公，但也没有办法，商量着除非能把白太尊白子寿请来才行。这刚弼是以清廉闻名的，白太尊应该比他还清廉。白子寿的人品学问，一向被大家称赞，除了他以外没人能制服刚弼。但宫保的性子太急，一两天内就让把案子报上去，若报到上头就不好再想办法了。只是没法把案子报到宫保那去,我们同僚之间,都要避嫌。昨天我看见了老哥,就觉得有希望了,想请你帮忙想个法子。"

老残说道:"这样吧,我写一封信给宫保,请他派白太尊来重审此案。情况紧急,我一时也想不出什么太好的计策了,不知这一招管不管用。天下的冤案多着呢,我碰见了如果能帮,就尽力帮帮他们吧。"人瑞说:"佩服,佩服。事不宜迟,笔墨纸张都预备好了,就请您老人家动笔吧。翠环,你去点蜡烛、泡茶。"

老残定了定神,就到人瑞屋里坐下。翠环把洋烛也点着了。老残揭开墨盒,拔出笔来,铺好了纸,抬笔便写。不过半个多时辰,便写好了信,老残把写好的信递给人瑞。人瑞一面烤火,一面取过信来,从头至尾读了一遍,说:"写得很实际,我想总能起点作用吧。"老残问:"怎么送去呢?"两个人商量了半天,决定还是等天亮以后,让店家帮忙找一个可靠的人送去比较稳妥。

几个小时很快就过去了,不知不觉,天已经亮了。人瑞喊起黄升,叫他跟店家商量,雇个人到省城送信,说:"只有四十里地,如果在晌午以前送到,下午能把回信带回来,我赏银十两。"过了一会,只见店伙计带着一个人来,说:"这是我兄弟,大老爷送信,可以让他去。他送过几回信,很有经验,到了衙门也敢进去,请大老爷放心。"当时人瑞就把给宫保的信交给他,那人便去了。

这时人瑞说:"我们该睡了。"黄、铁睡在两边,二翠睡在当中,不一会便睡着,一觉醒来,已是晌午时候。翠花伙计早已在前面等候,要接姐妹两个和行李回去。人瑞说:"傍晚再送她们姐儿俩来,我们不派人去叫了。"伙计答应着"是",便和两人走了。翠环回过头来眼泪汪汪地道:"你们别忘了啊!"人瑞、老残都笑着点点头。

二人洗脸,吃完饭已是下午两点多钟,人瑞去了县衙,临走前还嘱咐老残如果有了消息,要尽快通知他。老残答应着,说道:"知道了,你去吧。"

人瑞走后,不到一个时辰,只见那送信的人,一头大汗,走进店来,从怀里取出一个紫花大印的信封,拆开看,里面有两封回信:一封是庄宫保的亲笔信,字比核桃还大;一封是内文案的袁希明的信,信上说:"白太尊现在在泰安任职,这就派人去代替,大约五七天后就到了。"同时还说:"宫保希望您能再等两天,等白太尊到了,再商议。"等等。老残看了,对送信人说:"你歇着罢,晚上来领赏。喊黄二爷过来。"店伙计说:"他和黄大老爷到衙门去了。"老残想:"这信让谁送去呢?不如自己送吧。"就锁了门,直奔县衙门来了。

进了大门,只见很多衙役出出进进的,知道是有案子。过了二门,果然看见大堂上阴气森森,许多差役站在两旁。仔细看了看,想道:"我不如上去看看是什么案情?"无奈前面有衙役挡着,什么也看不见。

只听公堂上嚷道:"贾魏氏,你要明白,你自己犯了死罪,却说你父亲并不知情,极力为他开脱罪行,本县见你一片孝心,就成全你了。但是你不招出你的奸夫来,你父亲的命就保不住了。你也不想想，你那奸夫出的主意，把你害得这么惨，他倒躲得远远的，连一碗饭都没给你送过，像这种薄情寡义之人，你却死也不肯把他招出来，反而让你父亲替他担着罪名。古人讲：'女人选丈夫可以从很多男人中选，但父亲只有一个。'为了父亲，原配丈夫都可以不管，何况一个相好的男人呢！我劝你还是招了吧。"只听得底下只是一阵哭哭啼啼。又听堂上喝道："你还不招吗？不招我又要动刑了！"

又听堂下有气无力地说了几句，听不清说了什么来。只听堂上嚷道："她说什么？"一个书记官上去回道："贾魏氏说，如果事关她自己，大老爷让她怎样招，她就怎样招；但让她捏造一个奸夫出来，是万万办不到的。"

又听堂上惊堂一拍，骂道："你这淫妇，还敢嘴硬狡辩！夹起来！"堂下好多人大叫了一声"喳"，只听跑上几个人去，把夹子往地下一摔，"咣啷"的一声，惊心动魄。

老残听到这里，怒气上冲，也不管什么公堂不公堂，用手把两旁的差人分开，大叫一声："站开！让我过去！"差人一闪。老残走到中间，只见一个差人一手提着贾魏氏头发，将头提起，两个差人正使劲拽她手上夹子。老残过去将差人一扯，说道："住手！"便大摇大摆走上前去，见公堂上坐着两人，坐在下首的是王子谨，心知坐在上首的就是刚弼了，先向刚弼鞠了一躬。

王子谨见是老残，慌忙站起来。刚弼却不认得老残，并没有起身，喝道："你是何人？敢来搅乱公堂！将他拉下去！"欲知后事如何，且听下回分解。

魏氏父女当堂受审

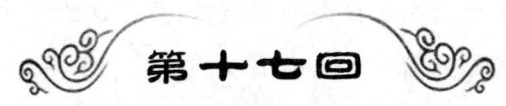

话说老残看刚弼正要给贾魏氏上刑，急忙抢上堂去，喊了声"住手"。刚弼不认得老残，就喝令差人拉他下去。谁知差人见本县大老爷早已经站起来，知道这个人定有些来历，虽然答应了一声"喳"，却没一个人敢走上来。

老残看刚弼怒容满面，连声吆喝，就故意气他，说道："你不用管我是什么人，先听我说两句话。如果说得不对，堂下有的是刑具，你就是打我几板子，夹我几下，我绝无怨言。我先问你：这两人一个是老人家，一个是妇道人家，先不说犯了什么罪，你给他们戴手铐脚镣算怎么回事？难道怕他们越狱逃跑吗？这是对付强盗的刑具，你却用它对付百姓，还讲不讲道理？还有没有良心？"

王子谨不知道抚台大人已经给老残回了信，怕老残在公堂上与刚弼理论吃亏，连忙喊道："补翁先生，请您到厅房里坐坐，这里是公堂，说话不方便。"刚弼气得目瞪口呆，又见王子谨称他补翁，心想这老头恐怕有点来头，也不敢过分指责老残。老残知道王子谨也很难办，便给他鞠了一躬。子谨慌忙还礼，嘴里说道："请到后面厅房里坐。"老残说道："不忙。"

说着从袖子里取出庄宫保的回信来，双手递给了子谨。

王子谨见到信封上的紫花大印，心中不由暗喜，立刻打开信件高声朗读："来信收到。白大人马上就来，立即传令给王、刚二人，命此二人不准滥用刑罚。魏氏父女保释回家，等候白大人来复审。"读完，一边递给刚弼看，一边大喊："奉抚台的命令，将魏谦父女松绑，保释回家，等候白大人复审！"底下人听了，答应一声"喳"，那边早就七手八脚，把他们父女身上的手铐脚镣、脖子上的铁链子全部拿掉。刚弼看过信后也只能敢怒而不敢言；又听到那父女俩谢刚大老爷、王大老爷恩典的话，心里更是被刀子割了一般，再也坐不住，回后堂去了。

子谨又拱手向老残说道："请先生到厅房休息片刻。等兄弟把案子简单处理一下，马上就来奉陪。"老残也拱手说道："先生您先忙吧，小弟也有些事情要办，先告辞了。"于是，大摇大摆地走出了衙门。这边王子谨吩咐书记官，叫魏谦父女赶紧来办理保释手续，最好今晚就能将他们保释出去。书记官一一答应，击鼓退堂。

再说老残回来这一路上，心里十分高兴，想道："以前都说玉贤如何残酷，别人拿他没辙；今日又碰见一个酷吏，没承想我用一封信便救活了两条性命，这心里真比吃了人参果还快活！"边走边想，不知不觉便到黄河的堤坝边上了。此时，天色已晚，老残本来想着行李已被烧，不如早点去省城，也好添些行李用品，但想到袁希明在信中让他等白子寿来，也只好在此处多停留几日，等等白子寿。想着想着，便又回到客栈。

过了两个多钟头,只见人瑞从外面回来,一进来就喊:"痛快,痛快!那该死的刚弼退堂之后,马上叫仆人收拾行李回省城。王子谨知道宫保耳根子软,怕刚弼回去,又在宫保面前胡乱嚼舌头,便说宫保信里并没有要他回省,并且案子还没完,还要等白太尊来审核等诸多理由极力挽留他,那刚弼也只好强忍着留下了。子谨本想请你一同去吃饭,我说:'与其那样,倒不如送他一桌好酒好菜,我替你去陪客。'我就是为了这个来找你的。老兄觉得我的提议如何?"老残笑道:"好啊!你在这吃白食,却叫我搭人情,便宜你了!我这就去回绝了王子谨,看你还吃什么!"人瑞笑道:"你要是能拒绝,你就只管去,我大不了陪你挨饿就是了。"

说着,门口已站了一个拿请柬的衙役,后面跟着一个挑食盒的人,二人走了进来,指着老残对人瑞说:"这位就是铁老爷吧?"人瑞说:"不错。"那衙役向前一步,请了一个安,说:"我家主人说:本县没什么好菜,送了一桌粗饭,请大老爷多多包涵。"老残说:"客栈里用餐很是方便,不敢麻烦你家主人费心,请带回去,送给别人吧。"衙役说:"主人吩咐过,一定要让大老爷收下。小人要是再挑回去,肯定要挨骂的。"人瑞在桌上取了一张纸,拿起笔,对着衙役说:"叫他把东西挑到前头灶屋里去。"那衙役打开盒盖,请二人过目。原来是一桌极其丰富的鱼翅席。老残说:"这样丰富的酒席,还说是便餐,真是不敢当啊。"人瑞用笔在纸上写了几句,递给那衙役,说:

"这是铁老爷的回信,你回去转告你家主人,说铁老爷谢谢他就行了。"又叫黄升赏了衙役一吊钱,挑盒子的二百钱。衙役行了个礼,便离开了。

这时黄升点起了灯。不到一个小时,翠花、翠环都来了。她们的伙计用不着吩咐,就把二人的行李放到了里屋。人瑞说:"你们铺盖做得真快,半天工夫,就做好了吗?"翠花回道:"家里多的是被褥,随便拿一套就行了。"此时已到了开饭时间,只见饭桌上碗筷已摆好。人瑞说:"今天虽然不刮北风,但还是很冷,不如喝两杯酒,一来暖暖身子,二来也为了庆祝下午那事。咱们多喝两杯。"翠花、翠环也唱了两个小曲给众人助兴。人瑞说:"你俩也别唱了,过来喝两杯酒吧。"翠花看二人非常高兴,便问道:"您老能这么高兴,想必送给宫保的那封信已经有回信了吧?"人瑞说:"何止有信了,恐怕魏家父女这时候都到家了呢!"便将下午的事情,一五一十地告诉了二翠。她们姐妹二人听了,自然也是欢喜得不得了。

只说那翠环听了人瑞的话,忍不住痴痴地笑着,忽然眉头紧锁,不作声了。原来,她看老残给抚台去了一封信,就办了这么大的事,办自己那点事一定没问题,所以一想就笑眯眯的。但转念一想,要是他们昨晚跟自己说的话就随口说说,不算数,那自己就再没有出头之日了。又想到年底,老鸨肯定要把自己卖给那个蒯二秃子,一想到他那凶神恶煞的样子,到了他手里,早晚也是死路一条,脸上不禁泛了一层死灰的颜色。又想到自己好好一个良家女子,竟然流落得这样个下场，倒不如死了的好，眉宇间又泛起一股刚毅的神情来，又想到自己死了不要紧，家里还有一个六岁的弟弟没人照看，岂不是要饿死吗？如果弟弟也死了，自己怎么对得起死去的父母呢？想来想去，活又活不成，死又死不得，不知不觉泪珠便扑簌簌地滚落下来，只得赶紧用手绢擦去。

翠花看见了，说道："你这妮子！老爷们今天高兴，你又发什么昏？"人瑞看着她，只是憨笑。老残安慰她说："你不要胡思乱想，我们肯定会替你想办法的。"人瑞说："好啊！有铁老爷帮你，我昨晚说的那些话可就收回了。"翠环听了大吃一惊，自己担心的事果然发生了。正要问个明白，只见黄升领着一个人进来，这人朝人瑞行了个礼，递给人瑞一个红色信封。人瑞接过来，撑开封套口，朝里看了看，便揣到怀里，说了声"知道了"，便不停地嘻嘻地笑。只见黄升说："请老爷出来说两句话。"人瑞便走出去。

半个时辰后，人瑞回到屋来，看着这三个人都默默相对，一言不发，人瑞越觉得高兴起来。后来那人又进来，向老残行了个礼，说："我家主人叫我来取昨儿放这的一卷旧铺盖。"老残一愣，心里想道："这是怎么回事呢？你取走了，我睡什么呢？"但东西终究是人家的，不能不给，便说："你拿走吧。"心里却是纳闷。只听人瑞说："今儿我们本来是很高兴的，只因为翠环一个人，弄得我也不痛快了。酒也不用喝了，都撤下去吧。"又见黄升来，当真把碟子碗筷都撤了下去。

此时不但二翠摸不着头脑,连老残也觉得很奇怪。随即黄升带着翠环家伙计,把翠环的铺盖卷也搬走了。翠环忙问:"啥事?啥事?怎么不让我在这住呢?"伙计说:"我不知道,光听说叫我把铺盖卷取回去。"

翠环知这一走一定凶多吉少,只得含泪跪到人瑞面前,说:"老爷,都是我不好,你们大人大量,就多包涵我们吧?您老不喜欢我们了,我们就活不成了!"人瑞说:"我喜欢得很呢。我为啥不喜欢?只是你的事,我管不了。你还是求铁老爷去吧。"

翠环又跪到老残面前,说:"求您老救救我!"老残说:"怎么了,让我救你?"翠环说:"一定是昨晚的话叫俺妈知道了,俺妈不敢和官斗,就取回我铺盖,逼我回去呢。"老残说:"话是没错。人瑞哥,你得想个法子,留住她才行。一旦被她妈接回去,事情就不好办了。"人瑞说:"那是当然!但是,你不留她,谁能留住她呢?"

老残一边扶起翠环,一边跟人瑞说:"你的话我怎么不懂?难道昨夜说的话,当真不算数了吗?"人瑞说:"我已彻底想过,这事我不便插手。你想啊,让一个妓女从良,总也得有个理由吧。你也不要,我也不要,那她出来以后往哪里投奔呢?若是把他安排在我那里了,我这边刚得了一个好差事,就弄出这种事,那些个暗中看我不顺眼的,还不得到宫保那告我呀?那我以后别说再往上升了,连日子都没得混了。"老残一想,这话确实在理,但也不能见死不救,总得想个办法才是。

就在这时，人瑞说："我倒是有个办法，就看你能不能办到了。"老残说："你倒说来听听。"人瑞说："让她以后投奔你，不就得了？"老残说："投奔我也可以啊。"人瑞说："口说无凭啊，我出去跟人说人是你要的，谁信啊？你还是写封信做凭证吧。要不然我去办这个事的时候，跟人说投奔你了，也没人信啊！"老残一听要写信为凭据，有点犯难，这凭据可不是开玩笑，说写就写的。

老残开始犹豫，但一边二翠在苦苦哀求，另一边人瑞又在催他快写。这时，黄升从外面进来说："翠环姑娘，你家里人找你回去呢。"翠环一听，吓得魂不附体，一面答应着，一面拼命央求老残写信。此时翠花已从房里取出纸笔墨砚来，毛笔蘸上墨汁，递到老残手里。老残接过笔来，叹了口气，向翠环说道："瞧吧，为了你我还得写供词画押呢，你说冤不冤？"翠环说："您老救人一命胜造七级浮屠，我这给您磕头了！"说话间，老残写好了递给人瑞，说："这事我已经尽力了，要是办不好就是你的问题了。"人瑞接过信来，递给黄升，说："过一会送到县衙里去。"

老残正写信的时候，黄人瑞向翠花耳中说了许多的话。等老残写好了信，黄升接过信来，对翠环说："你妈等你回去呢，快去吧。"翠环仍站着不肯离去，眼睛瞅着人瑞，有求救的意思。人瑞道："你去吧，不要紧的，有我在呢。"翠花站起来，拉了翠环的手，说："环妹，我同你去，你放心好了！"翠环没办法，只好说声"失陪"，和翠花走了。

这时候人瑞却躺到炕上抽起了烟，嘴里还不时地和老残说话。大约过了一个钟头，只见黄升戴着崭新的大帽子走进来，说："请老爷们东上房那边坐。"人瑞答应了一声，便站起来拉了拉老残，说道："走吧。"老残一头雾水，说："让我去哪边坐？啥时候又多了一间房？"人瑞说："叫你走你就走吧，今天多的房间。"二人便走到东上房门前，早有人打起暖帘。进去一看，只见屋子正中间一个大方桌，桌上摆着一对大红蜡烛，地下铺了一条红地毯。桌上还摆着一碟碟各式各样的果盘。西边的一间房门上还挂着一条大红呢子的门帘。

老残诧异道："这是做什么？"只听人瑞高声叫道："你们搀新姨奶奶出来，参见他们老爷。"只见门帘揭开，翠花和一个老妈子，一左一右搀着一个美人出来。只见那美人满头戴着花，穿着一件红青外褂，葵绿袄，系一条粉红裙子，正低着头走到红毡子前。

老残定眼一看，原来是翠环，大叫道："这怎么可以？绝对不行！"人瑞说："你老兄连亲笔字据都写了，还想狡辩么？"众人不由分说，拉老残行跪拜礼，老残被众人逼得没办法，只好半推辞着把礼给行了。这边又一个老妈子说："黄大老爷请坐，新娘子谢大媒。"这边翠环早已磕头谢恩了。仪式结束之后，翠花、老妈子等众人也都道完了喜。人瑞便将一对新人送入洞房，只见新房里贴着大红喜字，大红被褥各一条，大红枕头两个，还有一对大红烛，新房的墙上还挂了一副大红对联，上面写着：愿天下有情人，都成了眷属；是前生注定事，莫错过姻缘。

老残、翠环喜结良缘

老残一眼就认出这是人瑞的笔迹,便笑着对他说:"你也太会捉弄人了。"人瑞却说:"你敢说这对联上写得不对么?"说着,还从怀中掏出了翠环的卖身契交到了老残手上。老残叹了口气,说:"唉,事已至此,我也无话可说了,可你当初为什么非要把我套进来呢?"人瑞笑道:"我不是跟你说过'是前生注定事,莫错过姻缘'么,我替翠环考虑,不这么做救不了她,而且这么做你也不吃亏,这么办事肯定错不了的。你就废话少说了,我们可都饿了,等着吃喜酒呢。"人瑞拉着老残,翠花拉着翠环,四人坐定,开怀畅饮自是不在话下。

再说老残自从被人瑞逼着成了亲后,心里多少有些不痛快,又看翠花昨晚自己冻着,却拿被子给人瑞盖腿,为了翠环的事她也没少费心,这么一想,那翠花也是个不错的人,应该想个办法也把她也赎出来,但这也是以后的事了。

第二天,人瑞跑过来,笑着问翠环:"昨儿晚上睡得安稳吧?"翠环笑答:"全托您的福,日后一定给您供长生牌位。"人瑞说:"不敢,不敢!"说着,便向老残道:"昨天赎身的三百两银子是子谨垫的,今天我回府里替你还上。这衣服、被褥、枕头都是子谨送的,你也不用客气了,收着吧。"老残说:"这怎么行呢,哪能还叫人家破费,也只好你先替我道谢,我日后再还他人情吧。"说着,人瑞便去县衙了。

老残娶了翠环后,觉得她这名字太俗,而且也不便再这么叫了,就把名字前后颠倒一下,叫作"环翠"。还别说,这么一换,听着雅多了。下午,老残叫人把环翠的弟弟找来,看他没件像样的衣服,就给了他几两银子,叫李五领着,去买几件衣服穿。

　　不知不觉，五天过去了。这一日，人瑞到县衙里办公了，老残正在客店里教环翠认字，忽然听店里伙计说："县里王大老爷来了！"话刚落，王子谨已经在门前下轿，走了进来。老残到堂屋门口迎接。子谨进来，二人坐定后，说道："白太尊马上就到，兄弟我特来迎接他，顺便到这来给老哥道喜，闲聊几句。"老残说："承蒙您前几日盛情，兄弟我十分感谢，因为刚弼在府里，所以我不方便亲自去，感谢的话我只好让人瑞代为转达了。希望您能谅解。"子谨答道："客气了。"老残又叫环翠出来拜见子谨。子谨又送她几件首饰，当作见面礼。正说着，只见外面差人飞跑过来报告："白大人到了，在对岸下轿，从冰上走过来了。"子谨听了连忙上轿去接。欲知后事如何，且听下回分解。

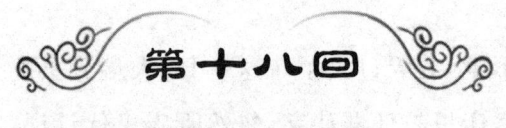

第十八回

太尊谈笑释奇冤
老残风霜访大案

　　话说王子谨慌忙赶到河边接人，这时白太尊已经从冰上走过来了。子谨快走几步，赶到面前请了个安，道声："大人辛苦。"那白太尊也回了个礼，说道："何必出来接呢？兄弟自然要到贵衙门请安去的。"子谨连说："不敢。"

　　那河边搭着茶棚，挂着彩绸。子谨将白太尊让到茶棚小坐。太尊问道："铁君走了没有？"子谨回道："还没有。因大人来，恐怕有话要问他，所以一直未走。卑职刚才就从铁公那来。"白公点点头，说道："这样最好。我现在不方便去拜访他，怕引起刚君的疑心。"又吃了一口茶，轿子、其他物品全都预备好了，白公便坐了轿子，到衙门去。此时少不了升旗放炮、奏乐开门等一系列礼仪。太尊进了府，就住在西花厅。

　　刚弼早穿好了衣帽，等白公一进来，就去拜见白大人。见面后，白太尊详细地问了一遍贾魏氏一案的审理过程。刚弼一一诉说，还得意扬扬地说："宫保来函我已收到，不知他老人家听信了什么人的胡言乱语，此案情据卑职看来，已成铁案，没有疑义。但这魏老儿颇有点家财，送了卑职一千两银子，卑职未收，他就买通关系到宫保那胡乱说话。听说有个什么卖药的郎中,拿了他许多银子,写信给宫保。这个郎中拿了魏家的银子,当时就买了个妓女,还在城外住着呢。听说这个案子如果翻案了,魏家还要谢他几千两银子呢,所以这郎中不走,还在等着酬金呢。也应该把这个人提堂一块审讯。到时人赃并获,就又多了一个凭据了。"白太尊说:"老兄所言极是。但是兄弟今晚须将案子前后看一遍,明天先把案内人证提来,审讯之后再说。或者维持原来判决,也说不定,现在我还不好多说什么。像老兄这么聪明正直,凡事都把握十足,自然办事效率极高。兄弟我资质鲁钝,只好就事论事,仔细琢磨,凡事没有把握都不敢下结论啊。"说罢,又和众人说了些济南的风景闲话。

吃过晚饭,白太尊回到自己房中,将全案细细看过两遍,吩咐下人开了一张传单,明日提人审讯。第二天午时不到,门口有人报:"犯人已带到。请大人示下:是今天下午升堂,还是明天早晨升堂?"白公说:"人证既然已齐全,现在就升堂吧。堂上放三个座位。"刚弼、王子瑾二人连忙起身说:"请大人自便,卑职等陪审恐怕不妥,我二人理应回避才是。"白公说:"哪里的话。兄弟我生性鲁钝,有考虑不详的地方,还请二位提点呢。"二人也不敢不从。

不一会,万事俱备,准备升堂。三人依次坐下。白公举起红笔,先传原告贾干。贾干当堂跪下。白公问道:"你叫贾干?"底下答道:"是。"白公问:"今年十几岁了?"答:"十六岁了。"问:"你是死者贾志的亲生儿子,还是过继的?"答:"过继的。"问:"何时过继来的?"答:"亡父被害去世,第二天收殓,只因他膝下无子,由族人商议后过继来的。"

白公又问:"县官验尸的时候,你已经过继来没有?"答:"已经过继来了。"问:"入殓的时候,你亲自查验了没有?"答:"亲自查验了。"问:"死人临入殓时,脸上是什么颜色?"答:"惨白的,同死人一样。"问:"有青紫斑没有?"答:"没有看见。"问:"关节僵硬不僵硬?"答称:"并不僵硬。"问:"关节既然不僵硬,可曾摸过胸口还温不温?"答:"有人摸过,说没有热气了。"问:"月饼里的砒霜,是什么时候知道的?"答:"是入殓第二天知道的。"问:"是谁看出来的?"答:"是姐姐看出来的。"问:"你姐姐是怎么看出来里头有砒霜的?"答:"我们原本不知道里头有砒霜,因为姐姐怀疑月饼有问题,所以掰开来细看,见月饼馅儿上点点粉红色,就拿出去问明白人。有人说是砒霜,就找药店的人来细瞧,药店的人看过也说是砒霜,所以知道是中了砒霜毒了。"

白公说:"知道了。下去!"又将朱笔一点,说:"传四美斋上来。"差人带上。白公问道:"你叫什么? 你是四美斋的什么人?"答称:"小人叫王辅庭,是四美斋的掌柜。"问:"魏家在你这定做月饼,共做了多少斤?"答:"做了二十斤。"问:"月饼馅儿是魏家自己做好送来的吗?"答称:"是。"问:"这二十斤月饼做完了,用料刚好不多不少吗?"说:"定的是二十斤,做成了八十三个饼。"问:"他这些个月饼,是一种馅儿的,还是几种馅的?"答:"一种,都是冰糖芝麻核桃仁的。"问:"你们店里一共卖几种馅儿的月饼?"答:"好几种呢。"问:"有冰糖芝麻核桃仁的没有?"答:"也有。"问:"你们店里的馅儿和他家的馅儿比,哪个好点?"答:"是他家的好点。"问:"好在什么地方?"答:"小人也不知道,听做月饼的师傅说,他家的馅儿材料好,又香又甜,味道比我们的好。"白公说:"就是说你家店里师傅先尝过了,没觉得有毒吗?"回称:"没觉得。"

白公说:"知道了。下去!"又将朱笔一点,说:"带魏谦。"魏谦走上来,连连磕头说:"大人哪! 冤枉啊!"白公说:"我没问你冤枉不冤枉! 我问你什么你答什么! 我不问你话,你不要说!"两旁衙役"喳"的一声。

这是什么缘故? 原来,官府升堂,这些衙役都要大呼小叫的,这叫"喊堂威",把犯人吓晕了,就可以胡乱认供了,也不知道是哪一朝代传下来的规矩,却是各个省都在沿用。今日魏谦是被告凶手,所以要喊个堂威,吓唬吓唬他。

闲话少说,却说白太尊问魏谦:"你定做了多少个月饼?"答称:"二十斤。"问:"你送了贾家多少斤?"答:"八斤。"问:"还送了别人家没有?"答:"还给小儿子丈人家送了四斤。"问:"其余的八斤呢?"答:"自己家里人吃了。"问:"吃过月饼的人有在这里的没有?"答:"家里人人都有份的,来到这里的,没有一个没吃过月饼的。"白公向差人说:"查一查,有几个人跟魏谦来的,都传到堂上来。"

不一会下面跪着一个上了年纪的人,还有两个中年汉子。差人回禀道:"这是魏家的一个管家,还有两个长工。"白公问道:"你们都吃过月饼么?"几人一起答道:"都吃过。"问:"每人吃了几个,都说说看。"管家说:"分了四个,吃了两个,还剩两个。"长工说:"每人分了两个,当天都吃完了。"白公问管家:"剩下那两个月饼,是什么时候吃的?"答称:"还没等吃,就出了这件案子,听说月饼有毒,所以就没敢再吃,留着也好做证据。"白公说:"好,带来了没有?"答:"带了,在底下呢。"白公说:"很好。"叫差人跟他去把月饼取来。又说:"魏谦同长工全下去吧。"又问书记员:"以前放砒霜的半个月饼在这么?"书吏回道:"在库里。"白公说:"提出来。"

马上就有差人带着管家,和他那两块月饼,都呈上堂来,存库的半个月饼也找到了。白公一面传四美斋王辅庭,一面将这两种月饼仔细比较了,拿给刚、王二人看,说:"这两种月饼,外表确实一样,你们认为呢?"二人都连忙起身答道:"是。"此时已将四美斋王辅庭带上堂来,白公将一块月饼掰开一半,叫差人拿给他看,问道:"这块月饼是魏家叫你做的吗?"王辅庭仔细看了看,回道:"一点不错,就是我家做的。"白公说:"叫王辅庭签个字回家吧。"

白公在堂上对着那半块月饼,看了个仔细,对刚弼说:"圣慕兄,你仔细看看。这月饼馅子是冰糖芝麻核桃仁做的,都是含油性的东西,若是砒霜和在馅儿里了,肯定和月饼馅儿混合在一起。你看这砒霜没和馅儿混合,显然是后加进去的。况且有四美斋证明,他家做的月饼就一种馅儿。今日将这两种馅儿细看,除了加进砒霜外,确实是一样的,既然是一样的馅儿,别人吃了不死,贾家人却死了。这要是汤水之类的东西,还可以后加毒药;月饼这种东西,面皮干硬,不可能做好后再加毒药。两位大人意下如何?"二人都起身答道:"正是。"

白公又道:"既然月饼做好了没放毒药,那么魏家父女就是无罪的,可以结案了。"王子谨马上答应一声:"是。"刚弼心里非常难过,却也不能说什么,只好随着也答应了一声"是"。

白公随即吩咐带上魏谦来,说:"本府已查明月饼中确实没有毒药,你们父女无罪,可以结案回家了。"魏谦磕了几个头走了。

白公又叫带贾干上来。贾干本是个无用的人,只不过是他姐姐背后指使他出来的,今日看魏家父女已结案释放,心里不免要七上八下;又听说大人传他去,不但以前别人让他说的话都说不上,就是教他说话的人,此刻也不知该从哪教起了。

贾干上堂来,白公问:"贾干,既然你已给你亡父做了儿子,就该仔细想想,这十三个人是怎么死的;自己想不明白,也该请教别人;为什么好端端的往月饼里加砒霜,陷害好人呢?肯定是有人教唆你干的。从实招来,是谁教你诬陷好人的!你不知道律例上规定诬陷是要坐牢的么?"贾干慌忙磕头,吓得哆哆嗦嗦,边哭边说:"我不知道!都是我姐姐叫我做的!馅儿里的砒霜,也是我姐姐看出来告诉我的,其余的我一概不知。"白公说:"照你这么说,要想破这个月饼砒霜案,不传你姐姐到堂,案子是破不了了?"贾干只是磕头。

白公大笑道:"你幸亏遇到的是我,要是个精明强干的,这月饼案子了了,砒霜案子又该闹得天翻地覆了。但我却不喜欢让妇道人家上堂,你回去告诉你姐姐,说本府说的,这砒霜一定是后加进去的。是谁加进去的,我暂且先不忙着追究,因为你家这十三条人命,死得十分离奇,必须查个水落石出。因此,加砒霜一事我只能暂缓放一放了,你说呢?"贾干连连磕头道:"全凭大人定夺。"白公说:"既然如此,叫他签个字,先叫他回去吧。"临走时,又喝道:"你再敢胡闹,我就要追究你们放砒霜诬告魏家的案子了!"贾干连说:"不敢,不敢!"下堂去了。

这时白公对王子谨说:"你们衙役里有办事精明点的人吗?"子谨答道:"有个叫许亮的还可以吧。"白公说:"传他上来。"不一会,堂下走上一个差人,四十多岁,没留胡子,到公案前跪下,说:"差人许亮叩见大人。"白公说:"现在派你去齐东村明察暗访这十三人是否服毒而死,还有没有其他的情况,限你一个月后交差,只需私访,不许借用官府的力量。你要是借此招摇撞骗,就治你的罪!"许亮叩头道:"属下不敢。"

王子谨把牌票给了许亮。白公又道:"所有以前人证,不用担保,全部释放。"又找出魏谦的两张借据,说:"再传魏谦上来。"

白公问:"魏谦,你管家送来的银票,你要不要?"魏谦回道:"小人蒙冤,幸亏遇见大人才沉冤得雪,这些银子,任凭大人发落。"白公说:"这五千五百两的凭据还你。这一千两的银票,本府却要借用一下,不是我用,是因为查贾家这案,不得不先用些钱。等这案子结了,本府禀明抚台,一定将银子还你。"魏谦连说:"情愿,情愿。"当时将借据收好,下堂去了。

白公将这一千两银票交给书记官,叫人到钱庄把银子取出来,凭本府公文支付。回头笑着对刚弼说:"圣慕兄,免不了要笑兄弟当堂受贿吧?"刚弼连称:"不敢。"于是击鼓退堂。

话说回来,这案子闹得齐河县满城风雨,人人皆知。昨天白太尊到,今日当堂传人,那贾、魏两家想着这一审少说也得审个十天半月,哪知还不到一个时辰,已经结案,沿路百姓都啧啧称赞。

却说白太尊退堂后来到花厅,一进门,只听院中的一座大钟,正当当地敲了十二下,好像特意迎接他似的。王子谨跟着进来说:"请大人更衣用饭吧。"白公说:"先不忙。"看着刚弼也跟着进来,便说:"二位请坐下,兄弟还有话说。"二人坐下。白公对刚弼说:"我这案子断得有没有道理?"刚弼说:"大人明断,当然不会错了。只是卑职有一点不明白:这魏家既没有犯法,为什么要花钱托关系呢?卑职从来就没有送过人一个钱。"

白公哈哈大笑道:"老兄没有给人送过钱,上头不也一样器重你?可见天底下并不是所有的人都见钱眼开哟。清廉本是最令人佩服的,但有一点不好,就是他总觉得天下人都是小人,只有他是君子。这个观点害人不浅,不知误了多少大事呢!莫怪兄弟直言,老兄你也有这个毛病。魏家人之所以要花钱找人,是因为乡下人没见识,这不足为怪。"又对子谨说道:"此刻这个案子已经结了,可以打发个人拿我们两个人的名片,请铁公进来坐坐了。"又笑着对刚弼说:"此人圣慕兄不知道吗?就是你刚才说的那个卖药郎中,姓铁,名英,号补残,是个侠义之人,学问渊博,性格又平易近人,从来也不会怠慢别人。老兄连他都当作小人,所以我说你未免有些过分了。"

刚弼说:"莫非就是省城中盛传的'老残老残',就是他吗?"白公答道:"正是他!"刚弼说:"听说,宫保要他搬进衙门去住,替他捐官,保举他,他都不要,居然半夜里逃走了的,难道就是他吗?"白公说:"可不是嘛!阁下还要提他上堂审讯呢。"刚弼涨红了脸说:"实在是卑职鲁莽了。久闻此人大名,只是不曾见过。"子谨又起身说道:"大人请更衣吧。"白公说:"大家换了衣服,好开怀畅饮。"

王、刚二人回到屋里,换了衣服,回到花厅。恰好老残也到,先对子谨行了个礼,然后又给白公、刚弼各行了个礼,众人让老残到炕上首座坐下,白公作陪。老残说:"这么大的案子,半个时辰就结案了,子寿先生,真是断案神速啊!"白公说:"不敢!前半段案子容易办,我已办完了;后半段的有些难,重任可要落在补残先生身上了。"老残说:"这话从何说起!我一来不是官老爷,二来也不是衙役,能做什么呢?"白公说:"但给宫保的信是谁写的?"老残说:"我写的。难道见死不救吗?"白公说:"对啊,没死的确实该救,但已经死了的不应该昭雪吗?你想,这种奇案,怎么是寻常衙役能办得好的?没办法,又得请你这个福尔摩斯帮忙了。"老残笑道:"我哪有这么大的能耐。你要我去也不难,请王大老爷给我写个凭据,我就去。"

说着,饭已摆好。王子谨说:"请用饭吧。"白公问:"黄人瑞不也在这里么,为什么不请过来?"子谨说:"已去请了。"话音未落,人瑞已到,给各人都施了一回礼。子谨拿着酒壶,正在为难。白公说:"自然是补公上座。"老残说:"岂敢,岂敢。"

谦让了一会,还是老残坐了上座,白公等人依次坐下。酒过一巡,行了一回酒令,白公又把虽然派了许亮去查案,但这只是个面子,具体细节还请老残辛苦走一趟之类的话说了不少,子谨、人瑞又在旁边不停地劝,老残只好答应。

　　白公又说:"现在魏家的一千两银子在这,你先拿去用,要是不够,可以从子谨那拿,不用节省,把案子破了才是主要的。"老残说:"用不着他的银子,我省城里四百两银子已经取出,正要还子谨兄呢,不如我先把钱垫上。如果案子破了,再来讨回。要是什么也查不出,我就走得远远的,从此不再来此地了。"白公说:"那也行,需要的时候就来取,千万不要为了省钱而误了大事。"老残应道:"知道了。"吃完饭,白太尊就过河回省城复命去了。第二天,黄人瑞、刚弼也都回省城去了。未知后事如何,且听下回分解。

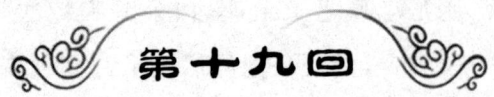

第十九回

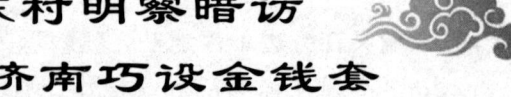

齐东村明察暗访
济南巧设金钱套

　　却说老残受白公嘱托，下午回到住处，正在想办法。店小二过来说："县里派来个叫许亮的人要见您。"老残点点头。许亮进来，作了个揖，说："请示大老爷，您看我是留在这，还是派到别的地方去？县里的一千两银子拨下来了，还得请示您，是送到这儿来，还是先存到钱庄？"老残说："银子先存到钱庄去吧。这个案子很不好办：服毒是一定的，但这毒很不寻常，非但骨关节不僵硬，而且脸色也没有变化，可能是西洋药。我明天去省城一趟，到中西大药房调查一下。你就先到齐东村去暗地里查一查，看谁跟洋人打过交道。只要查出毒药的来历，就好办了。但你我在哪儿会合呢？"许亮说："我有个兄弟叫许明，让他伺候老爷。有事您吩咐他去办。"老残同意了。

　　许亮把手向外一招，进来一个三十多岁的人，上前作了个揖。许亮说："这就是许明。"然后跟许明说："你不用走了，留在这伺候大老爷吧。"又说："我们还想给太太请个安。"老残揭帘一看，环翠正靠窗坐着，就叫他们请了安，环翠也回了礼。完后许亮、许明就回家拿行李了。

天刚黑,人瑞又来了,说:"我前两天本要走的,但又对这案子放心不下。现在查清楚了,我明天就回省城交差去了。"老残说:"我也正要去呢。一是调查毒药的事;二是把环翠安排一下,我好办事。"人瑞说:"我家房多,你就先住我那,觉得不好再搬,怎么样?"老残同意了。伺候环翠的老妈子不愿意去省城,许明就说:"我老婆可以先跟去,等雇到老妈子再回来。"——安排妥当后,环翠又把她弟弟叫过来,给了他几两银子。

第二天一早,三人便一起上了路。走到黄河边,老残和人瑞准备下车蹚过河去,却看到河边早就停了一辆车,看见他们过来,从车上跳下一个女人,过去拉住环翠就哭了起来。

这人正是翠花,人瑞今天起得早,没去找她,翠花的所有开销已由黄升送了过去。翠花怕客栈里送行的人有官场上的,晚上没敢过来,于是雇了车子,天一亮就在黄河边等着。老残和人瑞过来安慰了她几句,就过河去了。

走了不到四十里地,就到黄人瑞东箭道的公馆。大家进了屋,各自休息。

吃了午饭,老残便去了中西大药房。问了掌柜的才知道,原来这药房里的药都是上海贩卖来的熟药,没有生药。至于药的化学名称,掌柜的也不知道,于是他断定毒药不是从这买的。

老残心里纳闷,顺路去看姚云翁。恰好姚公在家,留老残吃了晚饭。

姚云翁说:"齐河县的事,昨晚白子寿已经和宫保说了,宫保听了很高兴,却不知道你已经来省里了,你明天去见他吗?"老残说:"先不去了,我还有事。"然后问到曹州的信:"你怎么跟宫保说的?"姚公说:"我把信给宫保看了。宫保看完难受了好几天,说以后再也不保举他了。"老残说:"怎么不把他撤职呢?"姚公笑答:"你毕竟是圈子外的人。这官刚保了,哪能立刻就撤换呢?哪个上司不护着自己的手下!宫保这么做已经很难得了。"老残点点头。两人又谈了很多,老残才回去。

第二天,老残去天主教堂去拜访了克扯斯神父。老残见他既懂西医,又懂化学,很高兴,就把这个案子告诉了他,问他知不知道那毒药是什么。克扯斯想了半天,又查了书,还是不知道,说:"我的学识有限,你再去问别人吧。"

老残很失望,他觉得在省城找不到线索了,打算带许明去齐河县看看。老残心里盘算到了齐东村该怎样展开调查呢,于是赶忙做了一个串铃,买了个旧药箱,配了些药材,并跟许明分头出发,到村里汇合,还要假装相互不认识。许明照吩咐去做了。老残到了齐河县包了一个小车,怕车夫泄密,只跟他说:"我是个大夫,县城里看病的人少,这附近还有大村镇吗?"车夫说:"东北方向有个齐东村,很热闹,每月方圆几十里的人都去那里赶集,您就去那儿吧。"老残说:"很好。"第二天,他就坐了小车去了齐东村。这村子有一条东西大街,很热闹;大街的南北两面,都有小街贯通。

老残在大街上走了一个来回,看见一家叫三合兴的客栈,还算干净,便租了一间房住下了。屋里有个大炕,他和车夫各睡一边。第二天早上吃了早饭,老残便摇着串铃上街去了。下午,老残走到大街北面的一条小街上,看见有个很大的门牌,心想:"这肯定是个大户。"于是停了下来,拿着串铃使劲摇。这时里面出来一个黑胡子老头儿,问老残:"请问先生会治伤吗?"老残说:"懂一点。"那老头儿进去了,过了一会出来说:"请跟我来。"俩人走到客厅,见一位老者坐在炕沿上。他看见老残,便站起来说:"先生请坐。"

老残认得他是魏谦,却故意问道:"您老贵姓?"魏谦答:"姓魏。您贵姓?"老残说:"姓金。"魏谦说:"我有个女儿,四肢骨节疼痛,有治的药吗?"老残答:"我还没瞧病,怎么能随便开方呢?"魏谦说:"有道理。"然后便叫人去里屋告诉一声。

过了一会儿,里屋说有请。他们便去了后面的东厢房。这厢房是三间,两明一暗。在里面的一间,看见一个三十多岁的妇人,面容憔悴,倚着炕桌子,盘腿坐在炕上,见他们进来想下炕,又显得体力不支。老残连忙说:"别动了,我直接把脉吧。"魏老头让老残坐了上座,自己坐在旁边。

老残把完脉,说:"这病是瘀血不清,我再看看手。"那妇人便把手放在炕桌上,老残一看,节节青紫,叹了口气说:"老先生,我有句话不知当讲不当讲。"魏老头说:"你说吧。"老残说:"您别生气。这像是受了官刑的病,治晚了,恐怕要残疾。"魏老头叹了口气说:"是啊,请先生对症下药吧,治好了一定有重谢。"老残便开了一个方子,说:"我就住在三合兴客栈,如果见效,可以再来找我。"

从此每天来往,三四天后,俩人就成熟人了。一天魏老头留他在前屋喝酒。老残借机问："你们大户人家,怎么会受到官刑呢?"魏老头说："你不知道,我女儿已经嫁给了贾家大儿子,谁知去年我这女婿死了。他有个妹妹叫贾大妮子,和西村的吴二浪子勾勾搭搭。当年吴二浪子去贾家提亲,被我女儿搅黄了,从此贾大妮子便对我女儿恨之入骨。今年春天,贾大妮子在她姑家又跟吴二浪子勾搭上了,她下药把贾家全家都毒死了,之后跑到县里反告是我女儿谋害的。偏偏遇上了千刀万剐的姓刚的,他一口咬定我家送的月饼里有砒霜,可怜我这女儿不知死过几回了。我女儿被判了凌迟处死,抚台那边派了个亲信来私访,就住在南关客栈,他查出了我家的冤情,禀报给抚台。抚台立刻下令,不准再刑罚我女儿。没到十天,抚台又派来个白大人。不到一个时辰就把我家的冤屈洗清了!听说现在又派人来查这案子。我们在牢里的时候,吴二浪子和贾大妮子天天在一块儿。现在听说案翻了,他就逃走了。"

老残问："你们受了这么大的冤屈,为什么不告发他呢?"魏老头说："打官司不容易啊。我去告他,可没有证据,'捉奸要捉双',捉不到他们,会被他们反咬一口。老天爷有眼,他们总有一天会遭报应的!"

老残又问："她下的毒药到底是什么?"魏老头回答:"谁知道呢!我家有个老妈子,他男人叫王二,是个挑水的。贾家死人的那天,他正在贾家挑水,看见吴二浪子在那里闲扯,贾家正在煮面,王二看见吴二浪子用小瓶往面锅里一倒就跑了。王二心里就纳闷,贾家的人让他吃面,他也没敢吃。不到一个时辰,人就全死了。这事王二谁也没敢告诉,就他老婆知道,他老婆又告诉了我女儿。等我把王二叫来对质,他又一口咬定不知道。我再问他老婆,他老婆也不敢说了。听说他老婆回去被暴打了一顿。你想,这事还能告到衙门里去吗?"老残也跟着感慨了一番,然后就离开了魏家,找到许亮,把在魏家听说的事说了,叫他先去找王二。

第二天,许亮把王二带来了,老残给了他二十两银子的安家费,让他当个证人。老残说:"从现在开始你家的生活费都由我出,事成之后,我再给你一百两银子。"王二一开始还不承认,但看见桌上的二十两银子,就动了心,便问:"事成之后,你不给我银子,我也拿你没办法!"老残说:"我可以先把一百两银子给你,你存到钱庄,再给我写个收据,这么写:'吴某倒药水是我亲眼所见,我愿意作证。事成之后,存在某字号的一百两银子就归我所有。双方自愿,绝无虚假。'好不好?"

王二还是有点犹豫。这时许亮拿出一百两银子给他,说:"我不怕你跑了,你先拿去,怎么样?你要不愿意就算了。"王二想了想,还是钱重要,就答应了。老残把刚才的话写了下来,然后念给他听了,让他按手印。王二见了银子,很痛快地按了。

许亮又告诉老残:"吴二浪子现在在省城。"老残说:"那我们就再进省城。你先找个眼线,打探打探。"许亮说:"是,老爷,我们省城里见。"

第二天,老残先到齐河县,把大概情形跟子谨说了,然后就进了城。他赏了车夫几两银子,把他打发走了。晚上又把事情原委跟姚云翁说了,请他转告宫保,并希望历城县能派两个人来协助许亮办案。

第二天晚上,许亮来禀报说:"查到了,吴二浪子现在跟按察司街南胡同里张家有个叫小银子的妓女在一起。白天跟一些不三不四的人赌钱,夜里就住在小银子家。"老残问:"小银子家里几口人,几间房?"许亮答道:"她家姐妹两个,住三间房。西面两间房是她爹妈住的,东面两间,一个是厨房,另一个就是大门。"老残听了,点点头说:"我们不能轻举妄动,这是大案,吴二浪子不会轻易认罪。现在只有王二一个人证,还镇不住他。"老残又贴许亮耳边说了一些如何破案的话。

许亮走后,姚云翁送信来说:"宫保想见您一面,请明天中午到签押房来。"老残写了回信。第二天,他先来到姚先生的书房。姚公的家人通报给了宫保。宫保请老残在签押房里见。老残到签押房时,庄宫保已经在门口等候多时了。宫保把老残请进屋里,老残作了个长揖,坐了下来。

老残说:"上次有负宫保的雅意。还请宫保见谅。"宫保说:"前几天读了先生写给我的信,没想到玉贤竟如此残酷,当初推荐他去了曹州,实在是我的大错,这事我将来一定想法处理,但不是现在,刚推荐他当了官,要是马上撤职,愧对皇上,有违臣子之道。"老残说:"这也对,当官救民于水火也就是为了报答皇恩。"宫保默然。又聊了一会,便告退了。

许亮按照老残的吩咐,去了那个妓女家,认识了小银子,跟她一起玩乐。没几天,就跟吴二混熟了。一开始,许亮输给吴二四五百两现银。吴二还以为许亮是个初学者,谁知后来被他慢慢赢回去了,反倒又赢了吴二七八百两,只有一二百两是现银,其余全是欠条。

一天,吴二浪子推牌九,输给别人三百多两,又输给许亮二百多两,带来的钱全没了,大家当场要收钱。吴二说:"再赌一场,一起算账。"大家不答应:"再输你更拿不出钱来了。"吴二浪子急了,说:"我家有的是钱。等银子凑一个整数,我派人回家拿去!"大家只是不许。

许亮站出来说:"吴二哥,你什么时候能还?我借你。但是我这银子,三天内要急用,你别耽误了我。"吴二急着赌,连忙说:"放心吧!"许亮就点了五百两银票给他,扣下自己赢的,还剩二百多两。

这钱还是不够还账,吴二就央求许亮:"大哥,大哥!再借我五百两,我翻本儿立刻还你。"许亮说:"要翻不了本呢?"吴二说:"明天肯定还。"许亮说:"空口无凭,除非你立个明天还钱的字据。"吴二说:"行,行!"他写了字据,交给许亮。许亮又给了他五百两银子,还了三百多两的欠账,还剩四百多,说:"我来推一庄!"这回他居然连赢两局,很得意。看他手气好,别人都减少了下注;吴二心里不爽,牌也跟着不顺,不到一个钟头,四百两银子又输得精光。

这几个人里有个姓陶的,人称陶三胖子。陶三说:"我也来推一庄。"这时吴二没有本钱了,赌不了了。没想到陶三推了二次,赔了两次,比吴二手气还差。吴二这边急得直跳,央求许亮:"好哥哥! 亲哥哥! 再借给我二百两吧!"许亮又借给他二百两。

吴二这次下了一把狠注。许亮说:"兄弟,少下点吧。"吴二不听。翻过牌来,庄家一个毙十,吴二赢了二百两银子,很高兴,原注不动。第四条,庄家赔了天门、下庄,吃了上庄,吴二的二百银子不输不赢。换第二方,头一条,庄家拿了个天杠,通吃,吴二只剩一百银子了。

哪知庄家越打越顺,不但吴二早已输尽,就连许亮也输光了。许亮急了,拿出吴二的字据来往桌上一拍,说:"天门孤丁! 你敢推吗?"陶三说:"敢是敢,但我不要这种取不出钱来的废纸。"许亮说:"吴二爷骗你,难道我许大爷也会骗你吗?"两人差点打起来。众人劝说:"陶三爷,你赢得不少了,怎么这点交情都不顾了? 我们担保:他们俩不还钱,我们大家帮他们还!"陶三说:"除非许亮做担保人。"许亮气极了,写下了担保人的字据。陶三又推出一条来,说:"许亮,你随便挑,我准赢你!"许亮不信。投一掷是七。许亮揭过牌来一看是九,说:"陶三! 你看看你爹我的牌!"陶三没吱声,又拿两张牌看了一张,另一张慢慢往出抽,嘴里喊着:"地! 地!"抽出来,说:"许家的孙子! 瞧瞧你爷爷的牌!"原来是副地杠。陶三立刻把字据抢过去:"许亮! 你明天不还银子,我们就衙门里见!"当时大家都没钱了,天也晚了,便散了。

许、吴二人回了小银子家,说:"弄点饭来,饿死了!"小金子房里有客,他们就到小银子房里坐着。小银子凑过来问许亮:"大爷,今天赢了多少,给我几两花吧。"许亮说:"输了一千多两！"又问："吴二爷呢？"吴二说："更别提了！"说着，饭已端上来了。许亮问："天怎么这么冷？"小银子答："刮了一天西北风，天阴阴的，可能要下雪。"两个人一杯接着一杯地喝闷酒，不知不觉都有点醉了。这时门口有人叫门，小金子的妈妈张大脚出去开门，说："三爷，对不起了，没屋子了，您明天再来吧。"那人喊着："放你妈的狗屁！三爷管你有没有屋子！什么王八蛋的客？有胆子的过来跟三爷会会，没胆子的就四个爪子爬出来！"原来是陶三胖子。许亮一听，火冒三丈，想要跳出去理论，被小金子、小银子姐妹俩拼命抱住了，未知后事如何，且听下回分解。

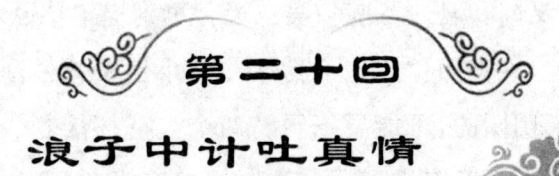

第二十回
浪子中计吐真情
道人冰雪返魂香

　　上回说到小金子、小银子拼命把许亮抱住。吴二掀开门帘儿,偷着往外看。陶三闯了进来,浑身酒气,把门帘使劲往上一甩,进去了。小金子屋里那客人用袖子蒙着脸,一溜烟儿地跑了。张大脚也跟了进去。陶三问:"那俩王八羔子呢?"张大脚说:"三爷请坐,她们马上就来。"张大脚连忙跑过来说:"您二位别出声。陶三爷是历城县的都头,势力大得很,谁都不敢惹他。您二位别见怪,让她姐妹俩过去吧。"许亮说:"我们可不怕他!他敢把我们怎么样?"

　　说话的功夫,姐妹俩已经过去了。吴二心里慌了,自己的借据还在陶三手里,怎么办呢?那边陶三不停地哈哈大笑:"小金子,爷赏你一百银子!小银子,爷也赏你一百银子!"姐妹俩一个劲地道谢。陶三说:"不用谢,这都是今晚几个孙子孝敬的,总共三千多两银子。我那吴二孙子还有一张欠条在爷爷手里,许亮孙子做的担保人,到明天晚上还不还钱,看爷爷我要他们的命!"

　　这边许亮说:"这家伙真可恶!听说他武功很高,手底下有五六十号人,真咽不下这口气!"吴二说:"生气是小事,明儿那一千两银子的欠条可怎么办呢?"许亮说:"我家倒是有,可远水救不了近火啊!"

又听那边陶三嚷着:"今晚你们姐俩都伺候三爷,不许到别人屋里去!"小金子说:"不瞒三爷说,我们俩今晚都有客人。"陶三使劲一拍桌子,说:"放狗屁!三爷的人,谁敢动?他还要不要脑袋了?三爷有的是钱!就算打死他们俩,也能摆平!你过去,去问问那俩孙子敢不敢过来!"

小金子连忙跑过去把银票给许亮看了,正是他刚才输的那张,许亮看着更生气了。小银子也过来低声地说:"大爷,二爷!您二位多包涵,让我们姐俩挣了这二百两银子吧,我们长这么大,还没有见过整百的银子呢。您二位都没钱了,等我们挣了这钱,请二位喝酒吃菜。"许亮气急了,说:"滚!"小金子说:"大爷您别生气!您多包涵。您二位就在我炕上凑合睡一晚,明儿他走了,我们再过来陪二位大爷,您看好不好?"许亮连说:"滚!滚!"小金子出了房门,嘴里还嘟哝着:"没钱了,还做大爷!真不要脸!"

许亮脸都气白了,发了一会儿呆,对吴二说:"兄弟,跟你商量件事儿。你我都是齐河县人,怎么能在这省里受他们的气呢,真受不了!我不想活了!你想,你拿不出一千两银子,再被他们拉到衙门里,不等着见官,就得被私刑打死。反正都是死,还不如先拿刀把他剁了!你看怎么样?"

吴二有些犹豫,那边陶三嚷着说:"吴二那小子在齐河县犯了案,是个逃犯!我明天就把他押到齐河县衙去,看他活得成活不成!许亮那小子是个帮凶,谁不知道啊?他俩一起逃出来的!"许亮站起来就要动手,吴二把他拦住,说:"我有个办法,你得对天发誓,我才能告诉你。"许亮说:"你看你多酸啊!你要有好办法,我们弄死了他,就说主意是我出的。倘若被抓住了,我是主谋,你是帮凶,我哪能跟你过不去呢?"

吴二想了想,觉得理不错,再加上实在拿不出一千两银子,只有这一个办法了,便说:"我有一种药水,人吃了,脸上不发青不发紫,就算神仙也验不出毒来!"许亮诧异地问:"真的假的? 我不信!"吴二说:"骗你干嘛!"许亮说:"哪儿有卖的? 我这就去买!"吴二说:"买不着! 这是今年七月份我在泰山的一个山里人家那得到的,我要是把它给了你,你可千万别连累我!"许亮说:"这个好办。"随后拿出笔纸写道:"许某与陶某有矛盾,许某计划谋害陶某,得知吴某有让人吃了立刻丧命的药水,便再三央求吴某把药水分给许某若干,此案与吴某没有任何关系。"写完,便交给吴二,说道:"要是犯了案,你拿着这个就能脱身了。"

吴二觉得妥当,便同意了。许亮又说:"事不宜迟,你药水放哪了? 我跟你去取。"吴二说:"就在我枕头柜里。"说着从炕里边取出一只小皮箱来,开了锁,从里面拿出一个磁瓶子,用蜡封着口。

许亮问:"你怎么弄来的?"吴二说:"今年七月,我从垫台西路上泰山,又从东路下来。一天晚上,我在一家小店里过夜,看见炕上用棉被盖着个死人,就问:'怎么把死人放这了?'店里的老婆子说:'不是死人,这是我男人。前天他在山上看见一种草,很香,就采了一把回来泡水喝。谁知一喝,就

像死了一样，我们一家老少哭得死去活来。正好有个道人从此经过，这道人叫作青龙子。他看见我们在哭，就问我家男人是怎么死的，我就把草给他看了。他看完笑了笑，说这不是毒药，这叫'千日醉'，还有得救。他说可以帮我找解药，让我把他身体看住，别腐烂了，等他四十九天以后再送药过来。'我又问她那草还有吗，她就给了我一把，我拿回来，熬成水，弄个瓶子装起来玩。正好今天能用上！"

许亮说："这水好使吗？你试过吗？"吴二说："百发百中，我已经……"话说到这里，又咽了回去。许亮问："你已经什么？"吴二说："没试过，我看见那家被药的人跟死了一样，要是没有青龙子，他早被埋了。"

俩人正说得高兴，只见门帘一揭，进来个人，一手抓住许亮，一手按住吴二，说："好！好！你们在谋财害命吗？"俩人一看，正是陶三。许亮紧紧握住药水瓶子，想挣扎着逃走，可陶三的力气太大，他根本不能动弹。吴二是个酒色之徒，更别提了。陶三吹了两下口哨，外面进来两三个大汉，把许、吴二人用绳子捆了，押到了历城县衙。

陶三进去报了案，里面的人说今天太晚了，明天再审。许、吴二人被押到了看房。许亮身上带了几两银子，拿出来贿赂看守，俩人倒也没吃多少苦。

第二天早上开审，审他们的是个专员。专员先问了原告。陶三说："小人昨夜在妓女家过夜，身上多带了几百两银子，被许亮、吴二两人看见了，他们就想谋财害命，要杀我。我在外面小解的时候听见他们说话，就把他们捉住了，求大老爷明察。"

专员问许亮、吴二："你们为什么要谋财害命?"许亮说："我叫许亮,齐河县人。陶三欺负我二人,我们受气不过,才想害他,吴二说他有一种药,已经试过了,很好用。我们正商量如何下手,就被陶三捉住了。"吴二说："我叫吴省干,齐河县人。是许亮被陶三欺负,跟我没关系。许亮要杀陶三,我怕事情闹大,就来了个缓兵之计,告诉他有种药水,叫'千日醉',能把人醉倒,又死不了人。这件事是许亮预谋的,我这有证据。"说着掏出许亮写的那张字据递给专员。

专员问许亮："昨天你们是怎么预谋的? 从实招来。"许亮便把昨晚的话一字不改的说了一遍。专员说："这么说,你们只是气急了说的狠话,不能算谋杀。"许亮连忙磕头道:"大老爷英明,大老爷英明!"

专员又问吴二："许亮说的是真的吗?"吴二说："千真万确。"专员说:"这件事,你们也不算错。"然后吩咐文书做好记录,对许亮说:"把药水给我。"许亮递了上去。专员把药交给文书,说:"药水收好。把这两个人分头押回齐河县去吧。"只这"分头"二字,就把许亮和吴二分开了。

当天晚上许亮拿着药水去见了老残,老残取出了一点仔细观察。那药水桃色,味道香甜。老残叹了口气,说:"这么好的东西怎么能不让人长醉不醒呢!"然后把倒出来的药水用漏斗又灌了回去,交给许亮,说:"人证、物证齐全,不怕他不认罪。按照他的说法,这十三个人还没死,能活过来。我知道那个青龙子,是个隐士,但他行踪不定,不好找。你先带着王二回去告诉你们老爷,这案子虽然水落石出了,但还不能报上去。我明天就去找青龙子,希望能救活这十三个人。"许亮连忙答应。

次日吴二被押回了齐河县。有许亮和王二两人作证,只开庭审了一次,吴二就认罪了,被关进了监狱。

老残吃了早饭,雇了头驴,便上了泰山东路。忽然想到舜井旁边有个算命的先生,叫安贫子,挺有本事,正好顺路去拜访他。于是老残来到了安贫子的门前,系了驴,就在板凳上坐了下来。

寒暄几句之后,老残问他:"听说您跟青龙子很熟,您知道他现在在哪儿吗?"安贫子说:"你要见他吗?有什么事?"老残就把事情原委跟他讲了。安贫子说:"真不巧!他昨天还在我这,今天早上回山里了,走了半天了。"老残说:"可惜了!他回山里做什么呢?"安贫子说:"他住在山里的玄珠洞。他以前住在灵岩山,后来香客增多,常有去拜访他的,他觉得烦,就搬到玄珠洞去住了。"老残又问:"玄珠洞离这多远?"安贫子答:"我也没去过,据说不到五十里。从这一直往南走,过了黄芽嘴子,再往西到白雪坞,再往南,就到了。"

老残说了声"谢谢",骑上驴,就奔南去了。走了二十多里,有个村庄,买了点饼吃,顺便打听去玄珠洞的路径。一个老头说:"远倒是不远,就是这条路很不好走,会走的,一路平坦;不会走的,杂石、荆棘不断,一辈子也走不到!不知道多少人死在这条路上!"老残笑着说:"难道比唐僧取经还难吗?"老头说:"差不多!"

老残觉得他是好意，便毕恭毕敬地问："跟您请教：怎么走才能过去呢？"老头说："这条路，九曲十八弯。要是一直往前走，肯定会陷入荆棘。但也不能故意走弯路，那样会走入陷阱，别想再出来。我告诉你个诀窍：记住，你眼前的路，都是从走过的路里延伸下来的，你走两步，再回头看看，就一定能走出去。"

老残听了连忙道谢。他按照老汉说的方法，很快就到了玄珠洞。他看见有位胡须很长的老者立在洞口，便走过去行了个礼，说："您就是青龙子道长吗？"那老者也回了个礼，说："您找我有事吗？"老残就把齐东村的那桩案子告诉了他。青龙子沉默了一会，说："看来咱们有缘，你先坐下慢慢说。"

这洞里没有家具，到处是大大小小的石块，青龙子和老残都坐下了。青龙子说："这'千日醉'药力很大，吃得少会昏迷几十天才醒，吃多了就死了。只有一种叫'返魂香'的药能解这种药力，它长在华山的冰雪层里，是草木精英生成的，是很难得的一种药。只要把'返魂香'用小火慢慢烧，无论你醉到什么地步，都能复活。几个月前，我在泰山遇到一个醉死的人，就到华山找一个老朋友要了些'返魂香'，把那人给救活了。幸好还剩了点，你拿回去正好够用。"说着从石壁里取出一个小瓶，递给了老残。

老残打开瓶盖一看，这药丸颜色偏黑，闻着有点臭，就问："怎么颜色气味都不好呢？"青龙子答："救命的东西，就是这样！"老残若有所悟，又问青龙子这药的用法。青龙子说："把病人关在密不透风的屋里，用火烧这药。体质好点的，一闻便醒;差点的,就慢慢地熬,直到醒了为止。"

老残跟青龙子道了谢,立刻按原路返回了。走到天黑,在一个小店住了一宿,第二天一早,就赶回到了省里。他把详细情形报告给了宫保,并说要带着家人亲自去齐东村一趟。宫保问:"你带家人去干什么?"老残说:"这药治男人,需女人来烧香;治女人,需男人来烧香,所以我带着家人去。"宫保说:"那你看着办吧。快去快回,等这案子结了,咱们有时间多聚聚。"

老残应了宫保,赏了黄家家人几两银子,就带着环翠去了齐河县,还住在南关客栈,不想却在县城里碰见了子谨,俩人都非常高兴。子谨告诉老残:"吴二供认了全部罪行。许亮带走的一千两银子也还回来了。白太尊在信里说,把钱还给魏谦。魏谦不肯收,就捐出去了。"

老残说:"我前天让许亮把三百两银子带回来还给你,收到了吗?"子谨答:"何止收到,我还发了财呢! 宫保知道这事以后,派人送来三百两银子,我收了;过了两天,黄人瑞又送来三百两银子,说是替您还的;后来许亮又拿来三百两,我收了三份,这不是发财了吗? 宫保的那份不能退,但人瑞和您的我不能收。"老残想了一下,说:"我知道人瑞相中了一个姑娘,叫翠花,是我夫人的表妹。这女子很有良心,人瑞也孤单一人,不如给他俩保个大媒,就用那钱把他俩的喜事给办了。"子谨拍手叫好,说:"那我明天跟你去齐东村,你说到时候怎么办?"老残想了想说:"有办法了!"说完叫来一个当差的说了几句话,告诉他明天如何如何行事。

第二天，王子谨跟老残坐着轿子，去了齐东村。早有人为他们安排了住处。在公馆用过午餐后，便去勘察贾家的坟墓。坟墓旁有个小庙。老残选了庙里的两间小房子，命人连夜把窗户糊上，不许透风。第二天早上，把十三口棺材抬到了庙里，先开了一个长工的棺，看尸体没有腐烂，放下心来，又把十三具尸体全抬了出来，分别放在那两间房里，点燃了"返魂香"，不到一个时辰，那些人就都醒了。老残吩咐好好照看他们，等他们慢慢地恢复了，再送回家去。

王子谨三天前就回城里去了。老残把这边的事处理完了，也打算回城，这时魏谦知道了写信给宫保的就是老残，于是魏、贾两家人都来磕头谢恩，苦苦挽留老残。这两家各送了三千两银子，老残不收，两家没法，就只好请他听戏。于是派人到省城请了个大戏班子，请老残听戏，还请来了北柱楼的大厨，要留老残在家里过年。

老残不愿意久留，次日半夜便溜回了齐河县。到城门的时候天刚亮，不方便去衙门，就先回客栈看环翠。一进客厅，看到许明的老婆睡在外间还没醒。再推开房门，看见枕头上是两个人头，不禁吓了一跳，仔细一看，原来是翠花。看她们睡得正熟，老残就出去了，在院子里溜达了一会。那边有一间客房，正往外搬行李装车，像是远道来的，又要启程的样子，老残就站在那儿看。

这时打里面出来一个人。老残看见了，大喊一声："德慧生！你什么时候来的？"那人定睛一看，说："这不是老残哥吗，你怎么也在这？"老残就把这些天的经历跟他讲了，又问：

"你这是去哪儿啊?"德慧生说:"明年东北可能要打仗,我想把家人送回扬州去。"老残说:"你能不能再等一天?"慧生答应了。这时环翠和翠花都起来了,两家人相互打了招呼。

中午,老残去了趟衙门,得知宫保判吴二浪子入狱三年。翠花共用了四百二十两银子,子谨还了三百两银子,老残收了一百八十两,说:"今天就派人把翠花送到省城去。"

老残回到客栈,派了许明夫妇送翠花去省城,半夜又托店小二雇了一辆车,把环翠的弟弟接了过来。天一亮,老残就带着环翠和她弟弟,跟德慧生夫妇一起,结伴往江南去了。

这边许明夫妇把翠花送到黄人瑞家,人瑞非常高兴,拆开老残的信一看,上面写着:

愿天下有情人,都成了眷属;

是前生注定事,莫错过姻缘。

贾氏一门起死回生